Carlo Manzoni:
Kein Whisky unter Wasser
Ein Super-Thriller

Deutsch von Maria Kern

Deutscher
Taschenbuch
Verlag

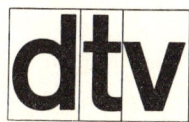

Von Carlo Manzoni
sind im Deutschen Taschenbuch Verlag erschienen:
Blut ist kein Nagellack (433)
Der Finger im Revolverlauf (123)
Der Hund trug keine Socken (590)
Der tiefgekühlte Mittelstürmer (364)
Die Lügengeschichten des Carlo Manzoni (646)
Ein Schlag auf den Schädel und du bist eine Schönheit (268)
100 × Signor Veneranda (737)
Jetzt regnet's Ohrfeigen! (699)

Ungekürzte Ausgabe
1. Auflage Februar 1972
5. Auflage Mai 1974: 51. bis 60. Tausend
Deutscher Taschenbuch Verlag GmbH & Co. KG,
München
Lizenzausgabe der Albert Langen · Georg Müller
Verlags GmbH, München · Wien
Umschlaggestaltung: Celestino Piatti
Gesamtherstellung: C. H. Beck'sche Buchdruckerei,
Nördlingen
Printed in Germany · ISBN 3-423-00805-9

Das Buch

Nur wegen seiner kritischen Finanzlage hat Privatdetektiv Pipa den mehr als zweifelhaften Auftrag übernommen,
eine Leiche vorübergehend zu stehlen. Seiner eisernen
Konstitution ist es zu danken, daß er dann nicht selbst als
Ersatz lebendig begraben wird. Allmählich wird ihm klar,
um was es geht: um die revolutionäre Erfindung eines
Atomnußknackers, dessen Pläne verschwunden sind. Aber
was haben die berückend schönen Damen mit dem Fall zu
tun? Pipa lernt schließlich die Gefahren eines Unterwas-
serballetts kennen, während sein Compagnon einen zweiten feuchten Mord verhindert. Daß am Ende unser Super-
Detektiv trotz des Widerstandes der Polizei die wahren
Drahtzieher entlarvt, versteht sich eigentlich von selbst.
»Carlo Manzonis Superkrimis sind auch dem deutschen
Leserpublikum längst zu einem Begriff geworden, und
jeder neue ›Thriller‹ bestätigt die schier unerschöpfliche
Phantasie seines italienischen Autors. Lachmuskelspan-
nend – dem ist nichts mehr hinzuzufügen als der zustim-
mende Applaus: Welch ein Spaß!« (Süddeutsche Zeitung)


Der Autor

Carlo Manzoni, 1909 in Mailand geboren, studierte zunächst Medizin, dann in Abendkursen Architektur und
Zeichnen an verschiedenen Hochschulen. Als Maler nahm
er aktiven Anteil an der Bewegung des Futurismus. 1936
begann er zu schreiben, zunächst satirische und humoristi-
sche Aufsätze für Zeitungen und Zeitschriften, später auch
Stücke für Theater und Fernsehen. Er ist Mitbegründer
der satirischen Zeitschrift ›Bertoldo‹. Berühmt geworden
ist er vor allem durch eine Reihe humoristischer Kriminal-
romane, in denen er auf amüsante Weise diese literarische
Gattung parodiert.

# INHALT

## I. Kapitel
Von mir aus können Sie sich ruhig wundern, ich bin nämlich selbst höchst erstaunt über das, was ich tue – eine
wartende Witwe müßte da sein, sie ist es aber nicht –
und auch das ist ein Grund zur Verwunderung.                    7

## II. Kapitel
Die Wetteraussichten verschlechtern sich – eine so ner-
venzerfetzende Geschichte kann ein weiches Herz nicht
unberührt lassen – und, wenn Sie nichts dagegen haben,
besitze sogar ich ab und zu ein weiches Herz!                   20

## III. Kapitel
Ich bin nicht scharf auf weitere Aufträge, aber wegen
gewisser Argumente kann ich nicht nein sagen – und dann
paßt alles zusammen und wenn tatsächlich alles zusammenpaßt, sind wir fein heraus – ich frage mich, für wen
die Glocke läutet, wenn für mich, bin ich's zufrieden.          36

## IV. Kapitel
Sie überflutet die Knie des Publikums – ich erhalte eine
wenig erfreuliche Einladung, aber man muß der Wirklichkeit ins unbestechliche Auge sehen und auch den
Leutnants von der Polizei, da gibt es keine Alternative –
ein ziemlich bewegtes Abendessen, was mir aber nicht
mißfällt.                                                       53

## V. Kapitel
Die Zellen in der Zentrale sind zwar recht bequem, aber
ich muß mich trotzdem aufhängen – bei dieser Hitze habe
ich nichts gegen ein kühles Bad – es ist lustig, am Meeresgrund zu tanzen, wenn Fischlein im Bikini um einen herumschwimmen.                                                    72

## VI. Kapitel
Am Meeresgrund befindet sich auch eine Garage und die
dazugehörende Reparaturgrube ist als Grab zweckentfremdet – ich rate Ihnen ab, zuviel Wasser zu schlucken,
Bourbon ist auf jeden Fall sehr viel besser – jemand zieht
einen Handschuh an.                                             90

## VII. Kapitel

Ich fahre spazieren mit einem, über den man lachen muß, auch wenn ihm selbst gar nicht danach zumute ist – man kann wirklich nicht sagen, daß mein Partner Gregorio auf der faulen Haut liegt – schauen wir uns den Sonnenaufgang am Fluß an!

106

## VIII. Kapitel

Wäre es nicht besser, wenn wir uns miteinander verständigen würden? – ein Ehemann kommt zum Vorschein, der über den gebrochenen Schädel seiner Frau bittere Tränen vergießt – so setzen wir uns alle miteinander in den Wagen und machen uns daran, ein Ergebnis aus dieser Lage herauszuschälen.

119

## IX. Kapitel

Eine interessante Zusammenkunft, leider ohne Bourbon – können Sie sich vorstellen, daß mein Gedächtnis mich im Stich gelassen hat? – ein Mann mit der Hand in der Tasche, der mir und dem Leutnant Sorgen macht – könnte ja sein, daß er von einem Moment zum anderen zu schießen anfängt.

134

## 1. KAPITEL

*Von mir aus können Sie sich ruhig wundern, ich bin näm-*
*lich selbst höchst erstaunt über das, was ich tue – eine war-*
*tende Witwe müßte da sein, sie ist aber nicht – und auch*
*das ist ein Grund der Verwunderung.*

Genau im richtigen Moment komme ich an.

Ein Haufen Menschen ist auf dem Trottoir versammelt,
alle traurig gekleidet und mit Gesichtern, noch trauriger
als ihre Kleidung.

Versuchen Sie sich eine Gruppe von Menschen vorzustellen, die alle nicht das Geld haben, einen morgen fälligen
Wechsel einzulösen, dann liegen Sie richtig.

Gruppen von drei, vier, fünf Personen, die alle ganz leise
reden, genauso, als ob sie einen Pump anlegen wollten.

Stellen Sie sich vor, daß die Gespräche ungefähr so ver-
laufen:

»Morgen geht mir ein Wechsel in Protest«, sagt einer,
»könntest du mir mit 50 000 aushelfen?«

»Nichts zu machen«, flüstert ein anderer, schüttelt den
Kopf und starrt dabei aufs Pflaster. »Bei mir sind morgen
zwei fällig, und ich habe keinen Pfennig.«

»Ich habe die ganze Nacht nicht geschlafen bei dem Gedanken, daß morgen der Gerichtsvollzieher kommt«, sagt ein
Dritter und schnupft mit rotgeränderten Augen auf.

Einer ist dabei, der nahe ans Wasser gebaut hat und sich
die Augen mit dem Taschentuch betupft.

Und dabei, liebe Leute, geht's hier gar nicht um fällige
Wechsel.

Das Haustor ist schwarz drapiert mit Kordeln, Fransen
und silbernen Schleifen, und gegen die Hausmauer sind
sieben oder acht Kränze mit goldbeschrifteten lilafarbigen
Bändern gelehnt.

»Ciao, Federico, einen guten Rutsch ins Jenseits.«

»Schmerzlichst beweinen wir unseren vierten Mann. Die Pokerfreunde. Auch die Karten weinen.«

»Familie Sispende, untröstlich über den Verlust ihres teuren Federico und einer gelbledernen Reisetasche.«

Es geht um eine Beerdigung, Kinder, da gibt's keinen Zweifel, und diese ach so betrübliche Angelegenheit betrifft ausgerechnet mich. Die Adresse stimmt, und der Name steht auf dem Kärtchen in meiner Tasche: Federico Piè.

Federico Piè ist tot, und er wird noch oben liegen und sich von seinen Verwandten und Freunden bewundern lassen, ehe sie ihn in sein hölzernes Etui stecken.

Man weiß ja, wie es so zugeht: da stirbt einer und alle meinen, daß er nun zu einem Ausstellungsstück für die Auslage geworden ist.

Schönes Ausstellungsstück, Kinder! Eine kaputte Maschine, die nicht mehr funktioniert und die man, weil sie doch zu nichts mehr gut ist, schnellstens verschwinden lassen sollte.

Lassen wir's.

Vorsichtig fahre ich zum Trottoirrand, und die Leute weichen zurück, um dem Wagen Platz zu machen. Ich halte direkt vor dem Haustor.

Dann atme ich ein paarmal tief ein und aus.

Geschafft, Leute!

Es ist sinnlos, daß ich mich jetzt noch frage, warum ich da hineingestolpert bin. Drinnen bin ich und muß wohl oder übel drin bleiben.

Auch wenn mir die schwarze Uniform mit den Silberknöpfen ein wenig eng sitzt und die Mütze mit dem Schirm meine roten Haare nicht ganz verbirgt.

Hier wird es keinem einfallen, nachzukontrollieren, ob die Uniform, die ich anhabe, auf meinen Körperbau maßgeschneidert ist.

Alle schauen zu Boden oder sonstwohin. Darum steige ich aus, überquere die Straße und verkrümele mich in der Bar gegenüber.

Zu dieser frühen Morgenstunde ist noch kein Gast da. Nur der Besitzer der auf den Regalen aufgereihten Flaschen. Ganz kann ich ihn nicht sehen, weil seine untere Hälfte hinter der Theke versteckt ist. Die obere Hälfte wäscht Kaffeetassen ab.

»Bourbon«, sage ich.

Er trocknet sich die Hände ab und schaut mich mit einem Blick an wie ein Tourist den schiefen Turm von Pisa.

»Sie sind wahrscheinlich neu in dem Geschäft, wenn Sie gleich einen Bourbon brauchen, um nicht zusammenzubrechen«, sagt er.

»Stimmt«, sage ich.

»Ich kann Ihnen nicht unrecht geben«, sagt er, während er einschenkt, »mir würde angst und bang bei dem Gedanken, daß der Kunde hinten plötzlich den Sargdeckel aufhebt und, nachdem er mir auf die Schulter geklopft hat, sagt: ›Hör zu, mein Junge, ich hab mirs anders überlegt, fahr mich lieber ins Fröhliche Rössl, ich bin ganz wild auf ein frisches Helles!‹«

Er fängt zu lachen an und will die Flasche ins Regal zurückstellen, aber ich nehme sie ihm aus der Hand.

»Mitnichten«, sage ich, »ich will sie ganz.«

Da hört er zu lachen auf und schaut mich an.

»Junger Mann«, sagt er dann, »laut Verkehrsordnung ist es verboten, in betrunkenem Zustand ein Auto zu steuern. Auch wenn es sich um einen Leichenwagen handelt.«

Ich lasse das edle Naß aus dem Glas in meinen Magen rinnen und werfe das Geld auf die Theke.

»Paß auf, daß du in der Zunge keinen Muskelkater kriegst, wenn du zu viel Gymnastik mit ihr betreibst«, sage ich.

Ich stecke die Flasche unter meine Jacke und gehe.

Jetzt stehen noch mehr Leute auf dem Trottoir herum, und auch zwei oder drei frische Kränze sind dazugekommen.

Und außerdem noch allerlei. Vorne hat sich die ganze Kapelle der Filobus-Gesellschaft eingefunden mit Blech, Trommeln und Federhüten und vor ihnen ein ganzes Internat, die Kinder in blauen Uniformen mit weißen, gestärkten Krägelchen.

Ein Begräbnis, wie man es in unserer Stadt nur selten zu sehen bekommt.

Als er noch imstand war, ein Doppelleben zu führen, muß dieser Federico Piè eine eher wichtige Persönlichkeit gewesen sein.

Ich setze mich ans Steuer und stelle die Flasche griffbereit unter den Sitz.

Jetzt müßte ich eigentlich berichten, wieso ich, stilecht herausstaffiert in einer allerdings etwas zu knappen Montur, mich ausgerechnet am Steuer eines Leichenwagens befinde und wie es meiner Ansicht nach weitergehen soll, aber das muß ich auf später verschieben, Kinder.

Kaum habe ich die Flasche verstaut, als sich hinter den schwarzen Behängen des Haustores eine gewisse Bewegung bemerkbar macht, Leute kommen heraus, und ein paar Typen in der gleichen Montur wie ich tragen auf den Schultern ein hölzernes Ding heraus, das man auch beim besten Willen nicht für eine Kiste Champagner halten kann. Während sie das Ding in mein Vehikel schieben, stellen sich die Musikanten vor dem Wagen auf und die Schulkinder in Dreierreihen vor der Kapelle.

Ich zähle drei bis vier Totengräber, die damit beschäftigt sind, die Kränze an den Wagen zu hängen.

Einer mit einer Silberborte um seine Kappe, wahrscheinlich der Totengräberboß, wirft mir einen Blick zu.

»He du«, sagt er, »du brichst dir keine Verzierung ab, wenn du mithilfst, die Kränze zu verteilen.«

Dann bleibt er stehen, und ich sehe, wie sich mitten auf seiner Stirn zwei Falten bilden, und dann fängt er an, mich mit seinen Blicken zu kitzeln.

»Aber du«, sagt er, »bist ja gar nicht Clausidio.«

»Nein«, sage ich, »der bin ich nicht. Ich bin ein Aushilfstotengräber. Wenn du willst, kannst du mich ruhig Nothelfer nennen.«

Er nimmt seine Kappe zwecks Gehirnlüftung ab, setzt sie aber gleich wieder auf.

»Aber wo ist denn Clausidio geblieben?« fragt er.

»Ihm ist schlecht geworden während der Fahrt«, sage ich, »er hat einen Abszeß auf der großen Zehe vom rechten Fuß und kann nicht richtig aufs Gas drücken; darum hat er mich gebeten, ihn zu vertreten.«

»Was ist denn das für eine Räubergeschichte?« fragt er.

Teufel, Teufel! Dieser Gehirnamputierte ist imstand, mir mein ganzes Programm über den Haufen zu werfen.

Das Schlimme mit mir ist, daß ich keine Diskussionen vertrage, meine Nerven reagieren sofort sehr unwirsch, ohne mich auch nur um Erlaubnis zu fragen.

Ich habe das Gefühl, daß ich aussteigen muß, um genau zwei Finger vor seiner Nase die Konversation fortzusetzen, aber ich habe mich noch nicht von meinem Sitz getrennt, als einer der Totengräber seine Rückfront vor mir aufbaut.

»Chef«, sagt er, »wir sind schon eine ganze Weile fertig, kann's losgehen?«

»Hast du je diesen Kerl hier gesehen?« fragt der Obertotengräber und schaut zu mir her.

Der Totengräber dreht sich um und beäugt mich.

»Oh, wo zum Teufel kommt denn *der* her?« sagt er, »nie im Leben gesehen!«

»Er behauptet, daß dem Clausidio die rechte große Zehe weh tut«, sagt der Chef.

»Heut früh war er ganz in Ordnung«, sagt der Totengräber und stellt einen Fuß aufs Trittbrett. »He du, was soll denn das alles?«

Als Antwort setze ich ihm eine Faust auf die rechte Nasenseite, und er überquert im Rückwärtsgang den Gehsteig und vermengt sich dann mit der Hausmauer.

Einer, ganz in Schwarz, mit dem Hut in der Hand, nähert sich.

»Bitte schön«, sagte er, »wir warten schon eine ganze Weile . . .«

»Entschuldigen schon der Herr«, sagt der Totengräberboß, »wir fahren sofort los.«

Dann wirft er mir noch einen Blick zu.

»Wir zwei sehen uns später«, sagt er und läuft, mit den Armen Zeichen gebend, zur Spitze des Zuges.

Der andere Totengräber setzt seine Kappe gerade und läuft hinter seinem Chef her. Ich sehe, daß er ein paarmal zurückschaut, mich anstiert und mit dem Kopf wackelt, als ob er sagen möchte: »Wir zwei kommen schon noch zusammen!«

Ich schenke ihm mein allerschönstes Lächeln und hänge mich ans Steuer.

Die Kinder setzen sich in Bewegung, die Musikanten nehmen Habt-acht-Stellung ein, und dann beginnen ein paar Klarinetten nervtötende Klagelaute in die Gegend zu senden, sofort verstärkt durch ein halbes Dutzend Trompeten und Posaunen.

Beim ersten Ton heben die Musikanten den rechten Fuß und halten sich mit dem linken im Gleichgewicht, warten dann die dritte Note ab, um ihn zwanzig Zentimeter weiter vorne auf den Boden zu setzen, dann warten sie auf die fünfte Note und heben den linken und bei der siebten setzen sie ihn wieder zwanzig Zentimeter weiter vorne auf den Boden.

Jetzt bin ich dran, also drücke ich aufs Gas.

O heiliger Polykarp, diesmal hast du mich im Stich gelassen! Wahrscheinlich weil ich Elektromotoren nicht gewohnt bin, macht der Wagen einen Satz nach vorne und haut seine Stoßstange dem letzten Musikanten ins Kreuz. Ich trete auf die Bremse, ohne mich darum zu kümmern, was hinter mir vorgeht, ich schaue nur nach vorne, was sich da tut.

Der letzte der Musikanten ist ein eher robuster Typ, der, unterstützt von seinen Hosenträgern, eine Riesentrommel auf seinem Bauch balanciert.

Er fliegt zwei Meter weit und, kaum wieder auf den Beinen, dreht er sich mit verblüffender Schnelligkeit um mit der Absicht, mir ein saftiges »Rindvieh« an den Kopf zu werfen, was ich ihm, bei einiger Objektivität, nicht einmal übelnehmen kann.

Aber er kommt nicht dazu, die Rückwärtsdrehung ganz auszuführen. Die auf seinen Bauch gestützte große Trommel schlägt gegen die Klarinette, in die sein Kollege zur Rechten heftig bläst.

Die Klarinette tut einen Kickser, der Bläser spuckt ein paar Zähne aus und dreht sich stinkwütend zu dem Trommler um.

»Rindvieh!« zischt er.

»Nur ruhig, Kleiner«, sage ich, »ist ja nichts passiert.«

Ich stelle fest, daß sie wieder in ihren patentierten Gleichschritt verfallen und sich von neuem auf ihre Musik konzentrieren, also stoße ich ein paar Dankesseufzer aus und konzentriere mich meinerseits darauf, so lange am Gas herumzufummeln, bis ich die richtige Tour gefunden habe.

Es gelingt mir auch, ein gleichmäßiges Tempo zu halten,

ungefähr zweihundert Meter in der Stunde, und auf vier Meter Distanz hinter der Kapelle zu bleiben.

Hinten formiert sich inzwischen der Trauerzug.

Ich muß meinem Magen dringendst ein paar Schluck Bourbon zukommen lassen, liebe Leute, durch die ganzen Aufregungen ist der Treibstoff in meinem Tank bis zum letzten Tropfen verdampft, aber vielleicht ist's doch besser, ich warte noch.

Ich muß diesen Auftrag ausführen, diesen verdammten Auftrag, den ich schon ein paarmal am liebsten zum Teufel gewünscht hätte.

Im Augenblick erscheint es mir jedenfalls opportun, mich schnapsdudelnderweise in einem Leichenwagen überraschen zu lassen.

Jetzt bin ich einmal drin und muß drin bleiben, und es hat auch wenig Sinn, daß ich mir selber ein paar überziehe, weil ich mich habe weich machen lassen, was mir zum allerersten Mal passiert, Leute.

Allein wegen der Tränen einer Frau wäre ich nicht weich geworden, das kann ich Ihnen versichern, und Sie würden mich jetzt nicht als Fahrer eines Leichenwagens mit dem Toten darin erleben.

Um mein Herz schmelzen zu lassen, waren schon noch sechshundert Tausender nötig. Dreihundert auf die Hand und dreihundert nach getaner Arbeit.

Und außerdem natürlich auch die Überzeugung, daß es sich um saubere Arbeit handelt, wenn sie auch mit einem gewissen Risiko verbunden ist.

Sauber und in gewissem Sinn auch mit humanitärem Hintergrund, zufrieden?

Jetzt sagen Sie mir nur nicht, daß ich ein Sentimentalist bin. Sie kennen ja die Geschichte noch gar nicht, und momentan habe ich keine Zeit, sie Ihnen zu erzählen.

Wenn alles vorbei ist, erhalten Sie einen detaillierten Be-

richt: jetzt muß ich nur auf richtige Distanz und gleichmäßiges Tempo aufpassen.

Und dann muß ich mich bereit halten.

Der Trauerzug geht einen guten Kilometer geradeaus bis
zum Ende der Straße, dann muß er links einbiegen.

Aber nach noch nicht fünfhundert Metern, am Ende des
ersten Häuserblocks, improvisiere ich eine kleine Vari-
ante.

Während die Spitze des Trauerzuges mit den Kindern in
Blau mit weißen Krägelchen, gefolgt von der Musikkapel-
le, geradeaus weiterzieht, biege ich in die erste Querstraße
rechts ein.

Ich drehe mich um und sehe, daß die hinter mir nichts bemerkt haben und mir folgen.

Nun ist niemand mehr vor mir, der mir das Tempo vor-
schreibt. Nur der normale Straßenverkehr, aber die Autos
lassen mich passieren, und die Polizisten halten sogar den
Verkehr an. Deshalb erhöhe ich vorsichtig das Tempo,
und der Zug hinter mir paßt sich an.

Ich biege noch einmal rechts ein, wo noch weniger Verkehr herrscht, und erhöhe wieder die Geschwindigkeit.

Ich sehe, wie der Zug sich auseinanderzieht und die letzten
immer mehr an Boden verlieren, also fahre ich noch
schneller.

Jetzt kommen auch die vordersten nicht mehr mit und verlieren den Anschluß. Einige fangen zu laufen an, während
andere, sieben oder acht weibliche Wesen ganz in Schwarz,
mitzuziehen versuchen, da sie nicht mehr Schritt halten
können.

Als ich sehe, daß der ganze Zug längs der Straße ausein-
andergefallen ist, drücke ich das Gaspedal ganz durch.
Der Wagen kommt ganz schön in Fahrt, und in weniger
als einer Minute habe ich überhaupt niemanden mehr hinter mir.

Nun brause ich erst richtig los, biege in zwei verödete Straßen ein, kürze durch ein paar enge Gäßchen ab und komme bei einer großen Verkehrsader wieder heraus.

Als ich sicher bin, daß ich meine Spur gut verwischt habe, mäßige ich das Tempo und kann endlich meinen einge-bauten Tank mit ein paar Schluck Bourbon auffüllen.

Geschafft, Kinder.

Den ersten Teil des Programmes kann ich mit positivem Ergebnis als abgeschlossen betrachten, und nun beginnt der zweite, der eigentlich der leichtere sein müßte.

Ich muß noch ein ganz schönes Stück Weg hinter mich bringen, um zum Ort unserer Verabredung zu gelangen.

Die halbe Stadt ist zu durchqueren, aber das macht mir fast gar nichts.

Ich fahre noch etwas langsamer, um die Leute nicht miß-trauisch zu machen und quetsche mir den schmerzgequäl-ten Ausdruck eines mit Magengeschwüren Behafteten in die Visage.

Ich bemerke, daß die Menschen mich grüßen und grüße freundlich zurück, bis mir klar wird, daß sie nicht mich, sondern meinen Klienten hinter mir grüßen, also danke ich nicht mehr.

Gute dreiviertel Stunden dauert es, um durch die halbe Stadt zu kommen, dann endlich erreiche ich eine Vorstadt-zone, wo es noch keine asphaltierten Straßen gibt, wo sich Neubauten mit kleinen Häusern abwechseln und Grund-stücke zum Verkauf angeboten werden.

Lang muß ich nicht nach der mir angegebenen Straße suchen. Vor Beginn meiner Arbeit habe ich einen Blick auf den Stadtplan geworfen und gehe deshalb auf Nummer Sicher.

Die *via Settefratture* beginnt mit einem neuen Haus mit der Nummer eins, dann kommen auf der rechten Seite ungefähr zweihundert Meter weit keine Häuser mehr.

Auf der linken Seite sind ein langer Bretterzaun, dann eine Wiese und endlich ein von einem Drahtgitter eingezäuntes Fabrikgebäude.

So wie ich jetzt die *via Settefratture* vor mir sehe, bin ich mir sofort im klaren, daß da etwas nicht stimmt.

Außer dem Haus mit der Nummer eins ist weit und breit kein Wohnhaus zu erblicken.

Ich fahre bis zum Tor der Fabrik.

Aus der großen Aufschrift auf dem Gebäude hinter dem Zaun kann ich entnehmen, daß es sich um eine Fleischkonservenfabrik handelt. Längs des Gehsteiges sind ungefähr zwanzig Wagen geparkt, die Autos der Angestellten, vermute ich.

Das große Gittertor ist geschlossen, daneben ist ein kleiner Durchlaß für Fußgänger, auch dieser mit einem Gittertürchen gesichert. Genau über der kleinen Türe steht: *via Settefratture 14*.

Und vor dem Gittertor ist keine lebende Seele, während unserer Absprache nach hier eine ganz, oder wenigstens fast ganz in Witwenschleier gehüllte Dame stehen müßte mit ein paar in Tränen aufgelösten, vertrauten Freunden.

Diese Geschichte legt sich mir langsam auf den Magen, Leute. Ich trinke einen Schluck Bourbon und steige aus.

Ich gehe zu der kleinen Gittertür für Fußgänger und drücke auf den Klingelknopf.

Nach einer Weile kommt der Portier an in blauer Jacke mit silbernen Knöpfen und der in Silber gestickten Fabrikmarke auf dem Brusttäschchen.

»Hören Sie«, sage ich, »ist das tatsächlich die via Settefratture 14?« Er nickt bejahend mit dem Kopf.

»Genau, via Settefratture 14«, sagt er.

»Gibt es vielleicht noch eine Nummer vierzehn in dieser Straße?« sage ich.

»Gibt es nicht«, sagt er und schüttelt wieder den Kopf.

»Warum?«

»Meinen Informationen nach müßte hier eine dunkelgekleidete Dame wohnen, eventuell sogar mit einem Witwenschleier«, sage ich.

»Diese Information stimmt nicht«, sagt er, »da können Sie Gift drauf nehmen.« Teufel, Teufel, soll das ein Witz sein? Ich zeige ihm das Kärtchen mit Name und Adresse.

»Neta de Lapis«, sage ich, »wohnt also nicht hier?«

»Hier wohnt überhaupt niemand«, sagt er, »und diesen Namen habe ich noch nie gehört.«

»Es könnte doch eine Ihrer Angestellten sein«, sage ich.

»Hier gibt es nur drei weibliche Angestellte«, sagt er, »aber die sind weder dunkel gekleidet noch haben sie einen Witwenschleier auf dem Kopf und heißen tun sie auch ganz anders.«

Er wirft einen Blick auf den Totenwagen.

»Sind Sie mit dem da gekommen?« fragt er.

»Allerdings«, sage ich, »und die Betreffende sollte hier auf mich warten.«

»Tut mir leid«, sagt er, »schreiben Sie auf die Karte: Adressat unbekannt, zurück an den Absender. Und bringen sie ihn wieder dahin, von wo sie ihn geholt haben.«

Er dreht mir den Rücken zu und verschwindet wieder in seinem Glaskasten.

Ich fahre mit der Hand unter die Kappe und kratze mich am Kopf. Das habe ich jetzt von meiner Vertrauensseligkeit, verdammt noch mal!

Ausgerechnet ich muß so blöd sein und auf diesen ausgemachten Schwindel hereinfallen!

Ich frage mich nur warum? Was für einen Zweck verfolgte diese Idiotin?

Hier herum werde ich die Antwort darauf keinesfalls finden. Ich setze mich ans Steuer, nehme die Bourbonflasche, lasse den ganzen Inhalt in mein Reservoir tröpfeln, und die leere Flasche werfe ich dann ins Gras.

Ich fahre noch ein Stück weiter, aber es ist hoffnungslos, es gibt gar keine Häuser mehr.

Und wohin soll ich jetzt mit dem Wagen und seinem Inhalt?

An den Ausgangspunkt zurück, nur nicht daran denken. Zum Friedhof? Nicht einmal im Traum.

Ungefähr hundert Meter weiter wird ein neues Haus gebaut. Aber von Neta de Lapis, von mir Sintflut getauft, keine Spur.

Zwei Maurer bleiben stehen und grüßen. Ich fahre weiter.

Dann biege ich in eine Querstraße ein.

Rechts wird ein Fabrikgebäude abgebrochen. Die Außenmauern sind schon weg, aber wie durch ein Wunder steht im Inneren noch ein Schuppen.

Ich lenke mein Vehikel hinein und halte.

Dann stütze ich die Ellbogen aufs Steuerrad, lege meine Stirn auf die Hände und denke nach.

Mir bleibt nichts anderes übrig, als den Wagen hier stehen zu lassen und mit einem Taxi in die Stadt zurückzufahren.

Von zu Hause aus rufe ich sofort das Beerdigungsinstitut an und sage ihnen, wo der Wagen samt Inhalt geblieben ist, dann können sie ihn abholen und den Sarg endlich dahin bringen, wo er hingehört.

Und dann, ich schwöre es beim unheiligen Hasdrubal, werde ich sie finden und in ihren eigenen Tränenfluten ersäufen!

Ich mache die Türe auf und steige aus, habe aber noch nicht einmal einen Fuß am Boden, als mir irgend etwas von hinten genau dahin fällt, wo das Gehirn zu Ende ist, und ich schlafe ein.

## 2. KAPITEL

*Die Wetteraussichten verschlechtern sich – eine so nerven-
zerfetzende Geschichte kann ein weiches Herz nicht unberührt lassen – und, wenn Sie nichts dagegen haben, besitze
sogar ich ab und zu ein weiches Herz!*

Es kann manchmal vorkommen, daß einer sich keinen Begriff machen kann, wieviel Zeit er verschlafen hat.

Er wacht auf und bildet sich ein, stundenlang gepennt zu
haben, und dabei sind höchstens fünf Minuten vergangen,
seit er eingeschlafen ist.

Oder auch das Gegenteil. Er meint, eben eingeschlafen zu
sein, und hat statt dessen den lieben, langen Tag verschlafen.

Ich sehe Witwen, die mich verfolgen; die Witwen verschwinden, und es kommt einer mit einer großen Trommel
auf dem Bauch daher, er fängt mit mir zu streiten an, wobei die große Trommel das Hindernis bildet, ihm meine
Hände auf die Fresse zu legen. Dann kommt es mir auf
einmal so vor, als schwebe ich auf den Meeresgrund hinunter, sogar Fische sehe ich.

Wieviel Zeit vergangen ist, weiß ich nicht, ebensowenig
ist mir klar, in welche Tiefen ich gelangt bin, aber ganz
unten angekommen, habe ich den Eindruck aufzuwa-
chen.

Ich bin mir noch nicht sicher, ob ich wach bin oder nicht,
aber dann prasselt ein Hagelschauer auf mich herab, und
jetzt bin ich überzeugt, wach zu sein.

Ich reiße die Augen auf, so weit ich kann, aber der er-
wartete Erfolg bleibt aus.

Es ist Nacht, und die Augen können sich nicht daran ge-
wöhnen. Hinten am Kopf fühle ich einen scheußlichen
Schmerz, und ich bekomme keine Luft.

Ich komme mir wie in eine Zange gepreßt vor, wie wenn man mich in eine zu enge Kiste verpackt hätte.

Eine Kiste?

Teufel, Teufel!

Eine Kiste, Leute, und ich brauche mich nicht sehr anzustrengen, um draufzukommen, was da auf mich niederprasselt.

Ich halte den Atem an, damit ich nicht auch noch das letzte bißchen Luft, das mir bleibt, vergeude und versuche dann, mich umzudrehen, damit ich auf den Bauch zu liegen komme.

Nicht weniger als fünfzehn Sekunden brauche ich, um mich in die richtige Lage zu wälzen und die Arme abbiegen zu können. Als ich soweit bin, atme ich die ganze restliche Luft auf einmal ein, stemme mich auf die Ellbogen und drücke mit meiner Rückseite gegen den Deckel.

Ich fühle, daß er nachgibt und drücke weiter.

Aber meine ganzen Kraftreserven muß ich aufbieten, Leute, um ihn endlich aufzukriegen. Als er aufspringt, poltert von allen Seiten eine Erd- und Schlammlawine auf mich herab.

Mit ein paar Schwimmbewegungen gelange ich in die Höhe und kann kaum ein wenig frische Luft einatmen, als ich schon eine Schaufel voll Dreck in der Visage habe.

Ich atme durch die Nase und springe auf den Rand des Grabes. Augen und Mund habe ich voller Erde.

Ich fange zu spucken an, aber mir brennen die Augen, und ich kann nur ein paar sich bewegende Schatten erkennen.

Ich strenge mich an, deutlicher zu sehen. Überall sind Gräber und Zypressen. Und natürlich Kränze.

Ich glaube, die Leute von heute vormittag wiederzuerkennen.

Jene, die auf dem Trottoir herumgestanden sind, erinnern Sie sich?

Eigentlich müßte ich mich fragen, was sie hier machen, aber ich habe keine Zeit.

Jetzt jedenfalls scheint sie alle der Schlag getroffen zu haben.

Fünf Frauen und drei Männer legen sich ohnmächtig auf den Kies. Zwei Typen rechts und links von mir, mit Schaufeln in den Fäusten, scheinen für ein Denkmal »Die Totengräber« Modell zu stehen.

»Salve«, sage ich, »ich bin noch nicht so weit. Besser, wir verschieben die Zeremonie um hundert Jahre, meint ihr nicht auch?«

Aber die Worte kommen mitsamt dem Dreck aus meinem Mund, und ich selbst bin nicht sicher, was ich daherrede.

Es ist auch nutzlos, hier herumzustehen und die Leute überzeugen zu wollen, daß es sich in der frischen Luft doch besser atmet. Besser ich verdufte, ehe es einem gelingt, sein Gehirn wieder in Betrieb zu setzen und mich zu fragen, was ich in dieser Kiste, die keinesfalls für mich bestimmt war, zu suchen hatte.

Auf diese Frage wüßte ich wirklich keine Antwort.

So versetze ich die ganze Gesellschaft und verschwinde.

Ich renne die ganze Allee hinunter bis zur Einfriedungsmauer, überspringe sie und lande auf einer Wiese, die als Schuttablagerungsplatz zweckentfremdet ist.

Ich überquere sie im Laufschritt.

Hinter einem Zaun wird eine neue Straße angelegt. Ich sehe einen Werkzeugschuppen, kleine Steinhaufen und eine Quetschmaschine zum Zerkleinern der am Straßenrand lagernden Steine.

Die Arbeiter müssen Schluß gemacht haben, denn ich sehe keine Menschenseele.

Neben der Maschine ist ein Wassseranschluß.

Ich lasse Wasser aus dem Rohr laufen und wasche mich.

Meine Haare sind mit Schlamm verklebt, und ich muß eine mindestens zwei Finger dicke Schlammpackung auf dem Gesicht haben.

Während ich mich wasche, fällt mir ein, daß ich keine Jacke habe. Irgendwer wird sie mir wohl ausgezogen haben, als er mich in den Sarg legte.

Ich ziehe mein Hemd auch noch aus und trockne mich damit ab, jetzt bin ich nur mehr in Unterhemd und Hose.

Ich steige auf die Maschine, lege mein nasses Hemd neben mich und fahre los.

Nach einer guten halben Stunde finde ich endlich einen Taxistand.

Noch eine halbe Stunde, bis ich zu Hause bin.

Ich stelle mich so lange unter die heiße Dusche, bis ich rot bin wie ein gekochter Krebs, lasse dann kaltes Wasser auf mich herunterbrausen, und als meine Hautfarbe wieder normal ist, trockne ich mich ab.

Ich ziehe meinen Bademantel an, stelle Bourbonflasche und ein Glas neben mein Bett, zünde mir eine Zigarette an und lege mich hin.

Das tut gut, liebe Kinder, jetzt fühle ich mich wieder fit.

Aber ehe ich darangehe, dieses Unglücksweib zu suchen, das mich so ungeheuer hereingelegt hat, und das ich in ihren eigenen Tränen ersäufen werde, wird es Zeit, daß ich Ihnen berichte, wie diese dreimal verdammte Story begonnen hat.

Gestern abend hat es angefangen.

Ich und meine Partner haben gerade unser Tagespensum durchgesprochen und sind bei unserer letzten Arbeit angelangt, ehe wir das Büro zusperren.

Sie besteht darin, der Bourbonflasche auf dem Regal den Garaus zu machen.

Ich fülle Gregorios Schälchen und mein Glas und konstatiere, daß noch ein paar Finger hoch Bourbon in der

Flasche bleibt. Geduld. Dann müssen wir eben noch ein wenig dableiben, denn so bin ich nun mal: ich lasse keine Arbeit unfertig liegen, selbst wenn ich Überstunden machen muß.

Sie kennen mich ja schon eine ganze Weile, auch meinen Partner, aber wenn Sie wollen, frische ich Ihr Gedächtnis auf: ich heiße Chico Pipa und mein Partner Gregorio Scarta, der aber von mir Greg gerufen wird.

Ich bin rothaarig, einsneunzig groß und wiege in nüchternem Zustand achtzig Kilo.

Greg ist sehr stolz auf seinen Schweif, hat eine Braut namens Fernanda. Diese Hundedame gehört meinem Freund Ercole, Besitzer der Bar »Zur Fledermaus«, dem einzigen Lokal, das die ganze Nacht geöffnet hat und wo wir oft einkehren, um unseren Durst zu löschen.

Ich und Greg betreiben zusammen ein Detektivbüro, wohin sich ab und zu einer verirrt, wenn er mit einem Problem nicht allein fertig wird, denn in dieser Stadt, die ich, nur damit sie einen Namen hat, Pipachico getauft habe, gibt es zwar eine Unmenge Menschen, die in Schwierigkeiten stecken, leider machen sie aber seit einiger Zeit einen großen Bogen um mein Büro.

Nicht weil sie, Gott behüte, plötzlich alle Ehrenmänner geworden wären, das können Sie sich aus dem Kopf schlagen.

Es ist eher deswegen, daß unsere Polizei sehr auf Draht ist. Dem Leutnant Tram von der Mordkommission gelingt es immer, seine Fälle ohne Hilfe von außen zu lösen.

Ich muß anerkennen, daß der Leutnant Tram allerhand auf dem Kasten hat in seinem Metier, muß aber gerechterweise hinzufügen, daß die durchschnittliche Intelligenz der Gangster, die unsere Stadt beherbergt, auf einer eher niedrigen Quote liegt.

Nur um Ihnen einen Fall zu zitieren: einer hatte seine

Frau umgebracht und sich vorher ein ziemlich narrensicheres Alibi konstruiert, aber als er von seiner Reise zurückkehrte und die Polizei bei seiner toten Frau vorfand, hatte er bereits Trauer angelegt. Er bekam: zwei Jahre für den Mord und zwanzig Jahre für seine Blödheit.

So bleibt eben für mich nichts zu tun übrig, und mein Bankkonto hat so viele Ohrfeigen bekommen, daß ich mir nicht einmal mehr eine *leere* Flasche leisten kann.

So warte ich, und die Flaschen gehen dahin, der Papierkorb füllt sich mit Verschlußkapseln, und ich und Greg haben schon vor lauter Gähnen einen Kieferkrampf. Ich trinke mein Glas aus und fülle es mit den letzten zwei Fingern hoch.

Gerade, als ich die leere Flasche auf den Schreibtisch zurückstelle, wird die Türe aufgerissen, eine Meereswoge braust herein und bricht sich an meinem Ledersessel.

Greg kann ihr eben noch ausweichen und rettet sich unter den Schreibtisch, ich kriege die ganzen Spritzer ins Gesicht. Geistesgegenwärtig rette ich den Bourbon, indem ich das Glas mit der Hand bedecke. Als die Wasser sich beruhigt haben, kann ich die Situation überblicken.

Mitten im Zimmer steht ein weibliches Wesen, als Sommergewitter verkleidet.

Grau und Schwarz, mit ein paar himmelblauen Aufhellungen, wenn man ganz genau hinschaut.

Grau und Schwarz ist sie gekleidet, und die himmelblauen Stellen sind ihre Augen. Groteskerweise kommt genau aus dem Himmelblau die ganze Überschwemmung.

Der erste Eindruck ist der einer atmosphärischen Störung, aber bei näherem Hinsehen überzeuge ich mich, daß es sich um eine Witwe oder dergleichen handeln muß.

Nach dem, was ich sehe, gebe ich ihr nicht mehr als höchstens fünfundzwanzig, wenn sie sich auch seltsamerweise Mühe gibt, nach mehr auszuschauen.

Auf den hohen Absätzen ist sie fast so groß wie ich, und die wunderschönen Beine mit den schlanken Fesseln, von schwarzen Nylons kaum verhüllt, lassen erwarten, daß auch alles übrige von bemerkenswerter Qualität sein muß.

Unter dem grauen, von gewitterschwarzen Schleiern umhüllten Hütchen schauen ein paar kupferrote Löckchen hervor.

Auch das Gesicht wäre so übel nicht, wenn auch der aus den Augen fließende Tränenstrom es ziemlich verschandelt.

»Salve«, sage ich, »Sie überschwemmen ja mein Büro.«

Ein Schluchzer zerreißt das ganze Gewölk, dann verschwinden die himmelblauen Stellen, und das Mädchen plumpst in meinen Fauteuil.

Ich habe den Eindruck, sie ist in Ohnmacht gefallen, so krempele ich meine Hosenbeine auf und nehme das Glas, um ihr ein paar Tropfen Bourbon einzuflößen.

Sie fängt zu blinzeln an, und kaum hat sie die Augen auf, wirft sie mir die Arme um den Hals, und ich verliere mich zwischen den Wolken.

Von irgendwoher kommt die sanfte Wärme eines Seufzers und mit ihm ein Flüstern: »Rico!«

»Bin ich nicht«, sage ich und habe noch nicht zu Ende gesprochen, als ein Tränenstrom-Volltreffer mich überschwemmt.

Ich richte mich auf, stelle das Glas auf den Schreibtisch, gehe dann zum Kleiderständer, nehme meinen Regenmantel und ziehe ihn an.

»Hören Sie zu«, sage ich, »ich weiß nicht, was Ihnen passiert ist, aber wenn Sie mir etwas zu erzählen haben, rate ich Ihnen, diese Regenschauer abzustellen. Schlechtwetterperioden machen mich melancholisch.«

Sie läßt noch ein paar Schluchzer hören, dann kommen die

blauen Stellen wieder zum Vorschein. Es sieht so aus, als ob der Tränenstrom von einem Moment zum anderen versiegen würde.

Ich warte.

Greg liegt noch immer mit gespitzten Ohren unter dem Schreibtisch, aber noch entschließt sich dieses bemerkenswerte Geschöpf nicht zum Reden. Sie ist vollauf damit beschäftigt, sich zu beruhigen.

Dann entnimmt sie endlich ihrer Tasche ein Tüchlein, vielleicht auch einen Schwamm, um ein paar Pfützen, die sich unter ihren Augen gebildet haben, zu trocknen.

Ich werfe einen Blick auf das Barometer hinter meinem Schreibtisch und sehe, daß es auf »Sturm« steht.

Vorsichtshalber knöpfe ich meinen Regenmantel zu und warte weiter.

»Verzeihen Sie«, sagt das Mädchen endlich, »Federico ist tot und ich . . .«

Es fängt schon wieder an zu regnen, und ich suche einen den Umständen angemessenen Ton.

»Tut mir leid«, sage ich.

Sie schnupft auf und schaut mich an.

Ich stehe auf, setze mich auf die Armlehne des Fauteuils, in dem sie lehnt und nehme eine ihrer Hände.

»Beruhigen Sie sich«, sage ich salbungsvoll, »finden Sie sich damit ab, Sie sind ja noch so jung, und wer weiß, wieviele Federicos dieser Welt noch auf Sie warten!«

Na ja, großartig ist das nicht, was ich da von mir gebe, aber mir ist noch nie passiert, eine in Tränen schwimmende Frau trösten zu müssen.

»Ihr Mann?« frage ich.

»Mehr *mein* Mann als der seiner Frau«, sagt sie.

»Drücken Sie sich etwas deutlicher aus«, sage ich.

Und sie drückt sich deutlicher aus.

Sie erzählt mir eine Geschichte, die für unsere Stadt keineswegs ungewöhnlich ist. Irgendein Mensch namens Federico, keineswegs zufrieden damit, nach allen Regeln mit einer Frau verheiratet zu sein, schafft sich eine zweite an, mit der er immer eine um die andere Woche lebt. Die sich hier in meinem Büro in Tränen auflöst, scheint Nummer zwei zu sein. Man kann eigentlich nicht von Bigamie sprechen, da dieser Unglückswurm nur ein legitimes Eheweib sein eigen nennt, aber der Nummer zwei nach hat seine Heiratsurkunde keinerlei Wert. Sie ist die eigentliche Ehefrau des obengenannten Federico, und er gehört ihr somit ganz und gar. Beweis für diese Behauptung: er trug sich mit Scheidungsabsichten. Jedenfalls, solange er lebte, beglückte er eine Woche die eine und die nächste Woche die andere.

Ich höre mir also diese Geschichte an, die ab und zu mit kleinen Tränenbächen gewürzt wird.

»Und jetzt ist dieser Federico tot«, sage ich, als sie fertig zu sein scheint. »Sie nehmen wohl an, daß seine Frau ihn umgebracht hat, als sie alles entdeckte?«

Sie schüttelt verneinend den Kopf.

»Er ist an einem Herzinfarkt gestorben«, sagt sie.

Mir blieb einen Augenblick die Puste weg, und ich schaue sie an, bis meine Atmungsorgane wieder zu arbeiten anfangen.

»Und was habe ich damit zu tun?« frage ich sie.

»Leider ist er im Haus seiner Frau gestorben«, sagt sie, springt dann auf, stürzt sich in meinen Regenmantel und fängt zu schreien an: »Aber er gehört mir! Mir ganz allein! Und nur mir! Haben Sie verstanden? Mir!«

Es macht mir nichts aus, daß sie mir bei diesem Ausbruch ein paarmal auf die Brust haut.

Wenn ich nicht so ein harter Brocken wäre, hätte ich längst meine letzten Tränen vergossen, aber *die* Frau, die mich rühren kann, muß erst noch geboren werden.

Immerhin versuche ich ein wenig Honig in meine Stimme zu legen und streichle dabei eine ihrer kupferroten Locken, die mich am Adamsapfel kitzelt.

»Hören Sie, Sie Sintflut«, sage ich, »schauen Sie, Sie müssen vernünftig sein, er ist nun einmal tot und gehört niemandem mehr. Sie können Ihren Federico doch nicht in verblichenem Zustand in Ihrer Wohnung aufheben!«

Sie löst sich von mir und schaut mich himmelblau an.

»Keine andere Frau hat das Recht, ihn zur letzten Ruhe zu begleiten«, sagt sie, »nur mir allein steht dieses Recht zu. Und Sie müssen mir dabei helfen.«

»Helfen bei was?« frage ich.

»Ihm diesem Weib wegzunehmen«, sagt sie schlicht.

»Sie haben ja nicht alle Tassen im Schrank!« sage ich. »Wenn Sie einen Leichenräuber suchen, sind Sie an der falschen Adresse.«

Die himmelblauen Stellen verschwinden, Schauer von Schluchzern bringen die Schleierwolken in Unordnung und ein hysterischer Zyklon von gigantischen Ausmaßen bricht sich Bahn.

Ströme von Tränen fließen wieder, Kinder, und die Tropfen verwandeln sich in winzige Hagelkörner, so daß ich gezwungen bin, meinen Mantelkragen aufzustellen.

Noch nie in meiner ganzen, langen Karriere ist mir eine intensivere Untröstlichkeit untergekommen, aber wenn sie glaubt, sie kann mich weich machen, sitzt sie im falschen Dampfer.

»Haben Sie in Ihrem Repertoire nicht eine wirksamere Schnulzenplatte, daß ich endlich auch zu weinen anfangen kann?« frage ich.

Zwischen einem und dem anderen Schluchzer stößt sie unzusammenhängende Laute aus, die ich mit einiger Mühe zu dechiffrieren versuche, um hinter ihren Sinn zu kommen.

»Er gehört mir. Er gehört mir. Wenn Sie mir nicht helfen, mag ich nicht mehr weiterleben. Ich gehe mit ihm. Ja, ich gehe mit ihm.«

Sie geht zwei Schritte zurück, öffnet schnell ihre Tasche, zieht ein Röhrchen mit Schlaftabletten heraus und drückt es sich an die Schläfe.

Ich reiße es ihr gerade noch rechtzeitig aus der Hand und merke, daß sie schlapp wird wie ein Luftschlauch, dessen Ventil man aufgeschraubt hat. Dann fällt sie in Ohnmacht.

Ich packe sie beim Gürtel und werfe sie in den Fauteuil.

Nach einem neuerlichen Blick auf das Barometer sehe ich, daß der Zeiger sich auf »Veränderlich« verschoben hat, also ziehe ich meinen Regenmantel aus und setze mich an den Schreibtisch.

Greg blinzelt mir zu.

Er ist genauso ein harter Brocken wie ich und ebenso schwer weichzukriegen.

Ich nehme das Glas mit den letzten zwei Fingern hoch Bourbon.

Zwei Tropfen werden hoffentlich genügen, um meine Sintflut wieder ins Leben zurückzurufen, aber sie soll lieber noch ein wenig in meinem Fauteuil weiterschlafen.

Nach dieser langen Regenperiode muß ich vor allem die ganze Nässe, die ich abbekommen habe, trocknen lassen.

Ich trinke meinen Bourbon und denke dabei über die Frauen nach, wie sonderbar sie sind.

Aber ich komme zu keinem Ergebnis, auch weil meine grauen Zellen an diese Art Arbeit nicht gewöhnt sind.

Ich beschränke mich also auf ein Kopfschütteln und sage dann vor mich hin: »Na ja . . .«

Sachen, reif für die Klapsmühle, Kinder.

Eine Irre verlangt von mir, einen Toten zu stehlen, aus dem einfachen Grund, weil sie ihn auf den Friedhof begleiten will. Ich habe gute Lust, meine Sintflut bei ihren hübschen Ohren zu packen und sie die Treppe hinunterzufeuern.

Ich höre einen nichtendenwollenden Seufzer und sehe, daß die Quasiwitwe dem Leben wiedergegeben ist.

Sie setzt sich kerzengerade im Fauteuil auf und schaute mich an.

»Sie haben ein Herz von Stein«, sagt sie.

»Muß ich wohl«, sage ich, »bei meinem Beruf. Wie sind Sie eigentlich auf die Idee gekommen, ausgerechnet mich mit dieser seltsamen Arbeit betreuen zu wollen? Ich bin von Beruf Privatdetektiv und nicht Leichenräuber.«

»Ich verlange von Ihnen gar nicht, eine Leiche zu rauben«, sagt sie, »ich bitte Sie nur, mir zu helfen. Ich will doch Federicos Leiche nicht stehlen, ich will ihn nur auf seiner letzten Reise begleiten. Und zu Ihnen bin ich gekommen, weil ich Ihre Arbeitsweise kenne. Sie sind der einzige Mensch, auf den ich mich blind verlassen kann und der imstand ist, eine so schwierige Situation zu meistern.«

»Danke für die Blumen«, sage ich, »aber das ist keine Arbeit für mich. Und es hat gar keinen Sinn, daß Sie nochmals zu weinen anfangen. Sie können mein ganzes Büro überschwemmen, aber meinen Standpunkt werde ich nicht ändern.« Sie fängt nicht mehr zu weinen an.

Sie macht ihre Taschen auf und beginnt dicke Banknoten hervorzuzaubern.

Ich sage kein Wort und schaue nur zu, Kinder, sie macht weiter mit ihrer Zauberei, systematisch und gekonnt, wie wenn sie diese Nummer auf einer Varietébühne vorführen würde.

Und was für eine Zaubernummer, verdammt nochmal!

Ich halte den Atem an beim Zuschauen, und wie ich die Dicken so nach und nach aus der Tasche hervorquellen sehe, merke ich, wie sich in meinem Inneren etwas löst und sich wie eine Art Korken in meinem Adamsapfel festsetzt.

Ich strenge mich an, ihn hinunterzuschlucken, es geht nicht. Dann schließt meine Sintflut ihre Taschen und deponiert den beachtlichen Stoß Tausender auf meinem Schreibtisch.

»Dreihunderttausend«, sagt sie schlicht.

Versuchen Sie nun einmal, die ganze Geschichte durch eine Summe zu betrachten, wie ich sie hier vor mir liegen habe.

Und berücksichtigen Sie auch meine traurige Finanzlage.

Es gibt kein sicheres Mittel, auch das härteste Menschenherz zu rühren und den Weg zur allgemeinen Völkerverständigung zu ebnen.

Jetzt könnte ich mich ohrfeigen, aber gestern, das kann ich Ihnen flüstern, tat mir dieses Geschöpf plötzlich leid.

»Sie hatten Federico wohl sehr gern?« frage ich.

Sie nickt mit dem Kopf.

Ich versuche, ihr einen Vorschlag zu machen.

»Warum schließen Sie sich nicht dem Trauerzug, der vom Haus seiner Frau ausgeht, hinten an?« sage ich. »Auf diese Weise sind Sie auch bei ihm und sparen sich eine Menge Unannehmlichkeiten.«

Sie seufzt.

Dann steht sie auf und beginnt die hübschen Dinger auf meinem Schreibtisch einzusammeln.

»Ich hätte keine Ruhe«, sagt sie, »und er würde mir das nie verzeihen. Aber wenn Sie mir wirklich nicht helfen wollen, macht es auch nichts. Ich werde schon jemand anderen finden.«

Der Pfropfen in meinem Hals wird groß wie der einer Ballonflasche, und ich bringe kein Wort heraus.

»Das wäre nur die Anzahlung«, sagt sie, »am Ende der Zeremonie gäbe es weitere dreihunderttausend.«

Durch Räuspern mache ich eine kleine Lücke in meiner

Kehle frei, daß die Stimmbänder wieder in Funktion treten können.

»Wann ist das Begräbnis?« frage ich.

»Morgen früh«, sagt sie.

»Und haben Sie zufällig eine Idee, wie man die Geschichte anpacken könnte?«

Sie hört auf, die Banknoten einzusammeln.

Sie nickt mit dem Kopf und legt die Banknoten, die sie schon in der Hand hat, wieder auf den Tisch.

Ich stoße einen Seufzer aus, und der Pfropfen in meiner Kehle wird klein wie der einer Hustensaftflasche.

»Meine wenigen Freunde und ein paar meiner Verwandten kommen morgen vor der Beerdigung zu mir«, sagt sie. »Der Trauerzug wird sehr lang sein mit vielen Kränzen und allen Kindern vom Filobus-Internat. Es würde genügen, wenn der Leichenwagen den von seiner Frau arrangierten Trauerzug an einer passenden Stelle verließe, um zu meiner Wohnung zu fahren. Meiner Meinung nach wäre das nur gerecht. So käme auf jede von uns ein halbes Begräbnis. Im Grund genommen hat die Frau Anrecht auf eine Hälfte. Erscheint Ihnen dieses Arrangement sehr schwer durchführbar?«

Endlich kann ich den Pfropfen ganz hinunterschlucken.

»Kann sein, es erscheint mir nicht sehr schwer durchführbar«, sage ich.

Greg schlägt sein Gebiß in meine rechte Wade, und ich springe auf.

Die himmelblauen Stellen erweitern sich, und ich glaube sogar ein Lächeln in ihnen auftauchen zu sehen. Die Gewitterwolken scheinen sich endgültig verzogen zu haben.

Meine Sintflut umkreist den Schreibtisch und heftet sich an meine Jacke.

»Ich wußte es ja«, sagt sie, »daß Ihr Herz nicht so hart ist, wie Sie glauben machen wollen!«

Es passiert mir zum ersten Mal, Leute, daß ich mich schäme, ehrlich, ich schäme mich zu berichten, was ich antworte.

Sie hört sich den blödesten Satz an, den ich je zusammengedrechselt habe, und schließt mir dann den Mund mit ihren Lippen.

Aus den Augenwinkeln bemerke ich, daß das Barometer jetzt auf »beständig schön« zeigt.

Sie läßt mich Atem schöpfen.

»Habe ich richtig gehört, weitere dreihunderttausend nachher?« frage ich.

»Weitere dreihunderttausend«, flüsterte sie an meinem Mund, während sie den nächsten Kuß vorbereitet.

Und ich kann Ihnen versichern, daß kein anderer Kuß mir je so gehaltvoll erschien.

Von allem, was nachher geschieht, habe ich nur noch ziemlich verworrene Erinnerungen.

Ich glaube mich zu erinnern, daß sie ihren Namen und Adresse auf ein Stück Papier schrieb.

Neta de Lapis, via Settefratture 14.

Und auf ein anderes Stück Papier die Adresse von Federico Piè und die Anschrift des Begräbnisinstituts, das die Beerdigung und den Transport übernommen hat.

Dann schwebt sie mir noch vor, nun ganz in Blau, wie sie sich an der Tür zu mir umdreht, und sagt: »Ich erwarte Sie also morgen in der via Settefratture vierzehn. Vergessen Sie das nicht!«

Ich höre, wie ihre Absätze sich klappernd den Korridor entlang entfernen.

Greg schießt wie der Blitz unter dem Schreibtisch hervor.

Wir streiten.

Er verachtet mich, und jetzt gebe ich ihm recht, aber gestern dachte ich anders.

Er distanziert sich von dieser Geschichte. Er bellt mir noch ein paar Injurien zu und saust davon, nicht ohne noch ein paar Türen mit Vehemenz zuzuschmeißen.

So treibe ich mich heute früh in der Nähe des Beerdigungsinstitutes herum, und als der Leichenwagen ausfährt, folge ich ihm, da er glücklicherweise ein sehr gemessenes Tempo einhält.

Als er in die mir geeignet erscheinende Straße einbiegt, erreiche ich ihn im Laufschritt, springe neben dem Chauffeur in Uniform auf; er hält, aber ich lasse ihm gar keine Zeit zu fragen, was ich will.

Mit einem Schlag schläfere ich ihn ein, nehme ihn dann in die Arme und schleife ihn zur nächsten Bar.

»Ihm ist schlecht geworden«, sage ich, »ausgerechnet jetzt, wo er eine Beerdigung hat.«

»Rufen wir einen Arzt«, sagt die Besitzerin der Bar.

»Vielleicht versuchen wir erst, ob wir ihn nicht wach kriegen«, sage ich, »bringen Sie mir ein Glas Wasser.«

Ich flöße ihm das Wasser zusammen mit einem Schlafmittel ein, das ihn bis heute abend außer Gefecht setzt.

»Er kommt nicht zu sich«, sage ich, »und er soll doch sofort den Trauerzug fahren. Ich werde ihn vertreten, und Sie können inzwischen einen Arzt rufen.«

Ich trage ihn nach hinten, kleide ihn aus und ziehe seine Uniform an. Dann lasse ich mir einen Bogen Packpapier geben und wickle meine Kleider hinein.

»In spätestens einer Stunde bringe ich ihm seine Uniform wieder«, sage ich, »wenn alles vorbei ist.«

Ich gehe hinaus und steige in den Wagen.

Unter dem Fahrersitz ist ein mit einem Türchen verschlossenes Fach, in das ich mein Kleiderbündel lege.

Dann fahre ich los.

Den Rest wissen Sie bereits.

*Ich bin nicht scharf auf weitere Aufträge, aber wegen gewisser Argumente kann ich nicht nein sagen – und dann paßt alles zusammen und wenn tatsächlich alles zusammenpaßt, sind wir fein heraus – ich frage mich, für wen die Glocke läutet, wenn für mich, bin ich's zufrieden.*

Jetzt, da ich Ihnen alles berichtet habe, steht es Ihnen frei, mich vom Hornochsen zum Esel, vom Blödian bis zum Idioten alles zu nennen, was Ihnen einfällt.

Ich ermächtige Sie dazu.

Denken Sie von mir, was Sie wollen. Ich habe es verdient, und Entschuldigungsgründe gibt es keine.

Ich bin in die Falle gegangen wie der naivste Dummkopf aller Dummköpfe auf dieser Welt.

Es hat auch keine Sinn, nach einer Rechtfertigung zu suchen: eine so unwahrscheinlich blöde Geschichte, wie sie mir diese Puppe aufgetischt hat, kann auch der größte Idiot mit dem kleinsten Hühnerhirn nicht schlucken.

Auch nicht, wenn sie mit einem Überfluß an Regen und Hagelschlag begossen und tonnenweise mit Tausendern untermauert ist.

Aber ich habe sie geschluckt, und es ist sinnlos, mich selbst zu beschimpfen, wie wenn ich mein eigener Vater wäre, der seinen danebengeratenen Sprößling zusammenstaucht.

Einer Sache können Sie sicher sein: die dreihundert Dicken in meiner Brieftasche reichen nicht aus, um mein Gewissen zu beruhigen.

Auch die versprochenen zweiten dreihunderttausend nicht, die, ich wette meinen linken Schenkel, nie kommen werden.

Ich gieße ein wenig Treibstoff in meinen Magen und zünde mir ein Stäbchen an.

Ich frage mich nur, was hinter dieser Geschichte steckt.

Eine Frau mit phänomenaler Tränenkapazität bezahlt mich, um einen Toten während des Begräbnisses zu stehlen. Sie gibt mir eine Adresse an der äußersten Peripherie unserer Stadt und diese Adresse ist falsch.

Von ihr nicht die Spur . . .

Ich bringe den Leichenwagen in irgendeinen verlassenen Schuppen, dort haut mir einer auf den Schädel und steckt mich anstelle des Toten in den Sarg.

Wahrscheinlich hat dieser Mensch in einem der vor der Konservenfabrik geparkten Autos versteckt dort auf mich gewartet.

Dann ist er mir zum Schuppen gefolgt.

Nachdem er mich k. o. geschlagen hat, nimmt er den Toten aus dem Sarg und bringt ihn weg.

Warum?

Was kann ein Toter so Wichtiges an sich haben?

Daß meine Sintflut ihn, nur für sich allein, begraben lassen wollte?

Ich haue mich aufs Schienbein, aber da ich barfuß bin, breche ich mir ein paar Zehen.

Die Geschichte, die mir meine Sintflut im Büro vorgeweint hat, ist schlicht und einfach unglaubwürdig.

Verdammt!

Es ist nutzlos, mir Fragen zu stellen, die ich nicht beantworten kann.

Es ist ebenso nutzlos, mich zu fragen, warum sie mich in den Sarg gesteckt und begraben haben.

Klar ist nur, daß die Herrschaften ( es mußten zwei oder drei sein, da wette ich meine ganzen, verfügbaren großen Zehen), kaum haben sie die kleine Arbeit beendet, das Beerdigungsinstitut anrufen oder sogar die Polizei, wo der Totenwagen mitsamt der Leiche versteckt ist und darauf wartet, abgeholt zu werden.

So haben die Angehörigen mich abgeholt, sind auf den Friedhof gefahren und haben mich dort in die Grube gelegt.

Womit ich logischerweise nicht einverstanden war und mich ohne viel Rücksichten auf die trauernden Hinterbliebenen verdrückt habe. Aber ich habe nicht den Eindruck, daß damit alles zu Ende ist.

Erstens: weil meine Sintflut nicht ungeschoren davonkommen wird. Ich habe schon gesagt, daß ich sie in ihren eigenen Tränenfluten ersäufen werde, und wenn ich die ganze Stadt umkrempeln muß, um sie zu finden.

Zweitens: in der Polizeizentrale wird sich einiges tun. Der Diebstahl eines Leichenwagens am Morgen und die Auferstehung eines Toten am Nachmittag werden die Plattfüßler ganz schön in Schwung bringen.

Ich hoffe nur, daß mich niemand erkannt hat und daß es nicht jemandem vom Beerdigungsinstitut in den Sinn kommt, unter den Sitz zu schauen, in dessen Hohlraum meine Kleider versteckt sind.

Und ich ruhe inzwischen hier auf meinem Bett.

Ich drücke die Zigarette in der Aschenschale aus, stehe auf und kleide mich an.

Dabei denke ich an meinen Partner, der sich seit gestern nicht mehr sehen gelassen hat.

Ich fürchte, er ist so sehr gekränkt über meine Blödigkeit, daß er sogar den Wunsch hat, sich von mir zu trennen und ein eigenes Detektivbüro aufzumachen.

Wer könnte ihm das verübeln? Aber warten wir ab.

Mir kommt der Gedanke, eine Pistole in den Achselhalfter zu stecken und mir eine aus dem Behälter, in dem ich sie in Öl aufbewahre, auszusuchen, lasse es dann aber doch.

Für die Arbeit, die ich vor mir habe, nehme ich besser einen Regenschirm mit.

Ich probiere unter der Dusche, ob er wasserdicht ist. Tadellos. Gerade, als ich ihn wieder schließen will, läutet die Türglocke.

Ich lege den Schirm hin und gehe öffnen.

Draußen auf dem Korridor hat sich ein kleiner Menschenauflauf gebildet.

»Signor Pipa?« sagt einer dieser Leute.

»Bin ich«, sage ich.

Inzwischen stelle ich fest, daß da drei Männer und eine Frau stehen.

Auf den ersten Anhieb merkt man, daß es keine Plattfüßler sind.

Den Gesichtern und der Kleidung nach ist es klar, daß sie einer sozial etwas höher einzustufenden Kategorie angehören.

Von der Frau sehe ich nicht viel, weil sie hinter den Männern steht.

Der Sprecher ist Brillenträger und trägt einen grauen Anzug, der ihm sicher auf die Figur genäht ist.

Mehr als vierzig ist er nicht, genau wie die Type in Braun mit dunklen Nadelstreifen neben ihm.

Der dritte hat ein weißes Spitzbärtchen und acht Haare unbestimmbarer Farbe über seinen Schädel verteilt.

»Wir haben Sie im Büro gesucht«, sagt der Graue, »aber die Tür verschlossen gefunden. Wir konnten Ihre Privatadresse ermitteln, und hier sind wir nun. Wir müssen Sie dringend sprechen.«

»Tut mir leid«, sage ich, »um was es sich auch handelt, ich habe momentan keine Zeit.«

»Es geht um Dinge von außergewöhnlicher Wichtigkeit«, sagt der Braune, »können wir eintreten?«

Während er sagt »können wir eintreten«, macht er zwei Schritte vorwärts, und ich bereite mein rechtes Bein auf einen Tritt in sein Schienbein vor. Welcher sozialen Gattung sie auch angehören, Leute, die sich mit Gewalt bei mir Eintritt verschaffen wollen, mag ich nicht.

Aber es bleibt mir keine Zeit, meine Gelenke in Aktion treten zu lassen.

Eine Parfümwelle umnebelt mich und mein Gehirn, und ich halte mich gerade noch mit dem linken Bein im Gleichgewicht.

Ich kann mich nicht irren: ich rieche »Nagaika«, dieses so penetrante Parfüm, das sich überall einnistet.

Es dringt mit Gewalt in die Nase, in die Augen, in die Ohren. Es schlängelt sich durch die Ärmel bis hinauf in den Hemdkragen. Es überfällt alle Poren, und die Gelenke kriegen eine Gänsehaut. Das Mädchen tritt zwei Schritte vor, und ich lasse einen Pfiff los.

Von ihr kommen die Parfümwolken, aber ich versichere Ihnen, es ist nicht das Parfüm allein, daß ich mit offenem Mund dastehe. Sie haben sicher schon verstanden, um was es geht, und wenn ich Ihnen alle Details von diesem Phänomen beschreiben wollte, würden Sie meiner Beschreibung noch zuhören, wenn wir alle schon weißhaarig und mit Gichtknoten bestückt wären.

Ich gebe Ihnen nur auf die Schnelle einen Generalüberblick.

Größe einssiebenundsechzig, Absätze inbegriffen, Taille fünfundvierzig, Oberweite zweiundneunzig, Hüften achtzig.

Sie hat ein karottenfarbenes Deux-pièces an und unter dem Jäckchen eine Bluse genau im Ton ihrer Augen: dunkelblau.

Was nun die Frisur betrifft, stellen Sie sich eine bronzene Glocke vor, aus der ein Stück ausgeschnitten ist, um das Gesicht freizulassen.

Es fehlt nur der Ring oben, um die Ähnlichkeit mit einer Glocke vollkommen zu machen.

»Salve, Ding-Dong«, sage ich zu ihr, als sie an mir vorbeigeht. Sie lächelt mich an und wirft mit eine weitere »Nagaika«-Welle zu.

Erst als ich mit der Inaugenscheinnahme dieses Prachtstückes einigermaßen fertig bin, merke ich, daß die ganze Gesellschaft bereits in meinem Vorzimmer versammelt ist, also mache ich die Wohnungstür zu.

»Schicken Sie immer eine Abteilung Gasbombenwerfer voraus, wenn Sie irgendwo hinein wollen?« frage ich. »Ich habe bereits gesagt, daß ich sehr beschäftigt bin. Ich muß gerade weg.«

»Sie müssen uns entschuldigen, Signor Pipa«, sagt der Graue, »wir haben Ihnen einen Auftrag von lebenswichtiger Bedeutung anzuvertrauen. Es wird nicht lange dauern.«

»In diesem Moment bin ich gar nicht imstand, weitere Aufträge anzunehmen«, sage ich. Recht überzeugt bin ich aber nicht von dem, was ich da von mir gebe.

»Nagaika« bearbeitet mein Nervenzentrum, und ich fühle schon, daß es meinen Willen zu lähmen beginnt.

Ich müßte sofort alle Fenster aufreißen und frische Luft atmen, aber zu spät, ich sitze schon in der Falle.

»Treten Sie ein«, sage ich und deute zum Wohnzimmer hinüber.

»Ich bin sicher, Sie werden unsere Ungeduld verstehen, wenn Sie uns erst angehört haben«, sagt der Graue und steuert die ganze Gruppe auf die Wohnzimmerfauteuils zu. »Gestatten Sie, daß wir uns vorstellen: ich bin Dr. Ugo Vainlettiga.«

Dann zeigt er auf den Spitzbart.

»Commendatore Utile Magoni, Professor Estremo Limite«, wobei er auf den Braunen zeigt.

Dann dreht er sich Ding-Dong zu.

»Signorina Odissea Caustica ist die Privatsekretärin des

Commendatore Magoni, dem Präsidenten unserer Gesellschaft. Ich bin der Vizepräsident und der Professor ist unser Verwaltungsdirektor.«

Reihum drücken wir unsere Hände, dann setzen sich alle. Ich auf den Divan, dreißig Zentimeter neben Ding-Dong.

»Also gut«, sage ich, »nachdem Sie mich mit Ihrem Giftgas kampfunfähig gemacht haben, bin ich in Ihrer Gewalt. Bringen wir es also schnell hinter uns.«

»Haben Sie mein Parfüm nicht gern?« fragt Ding-Dong.

»Im Gegenteil«, sage ich, »es verschafft mir einen unbeschreiblichen Genuß: ich habe das Gefühl, Sie von Kopf bis Fuß einzuatmen.«

Ich merke, daß sie gern erröten würde, aber sie schafft es nicht.

»Signor Pipa«, beginnt der spitzbärtige Präsident, »es handelt sich um eine äußerst ernste Angelegenheit.«

»Wir sind die Direktoren der P. A. S. N. K. A. G.«, sagt der Dr. Vainlettiga.

»Patentierte Automatische Sicherheitsnußknacker A. G.«, erklärt der Professor Estremo Limite.

»Einer unserer Mitarbeiter ist verschwunden«, sagt der Spitzbart, »Sie müssen ihn wiederfinden.«

»Tut mir leid«, sage ich, »aber ich bin mit wichtigen Recherchen voll ausgelastet.«

Ich stehe auf, hole die Bourbonflasche und vier Gläser.

»Bei mir gibt es nur Bourbon«, sage ich, während ich eingieße, »und es bleiben mir nur noch drei Minuten, um Sie zu überzeugen, daß ich keine Zeit habe, um mich Ihrem Mitarbeiter zu widmen.«

Der Präsident schaut seine Begleiter an und streichelt seinen Bart.

»Warum wenden Sie sich nicht an die Polizei?« frage ich.

»Weil wir ihn finden müssen, ehe die Polizei ihn sucht«, sagt der Dr. Vainlettiga.

Ich lasse einen Pfiff los.

»Dann wird er also von der Polizei gesucht«, frage ich.

Der Professor Estremo Limite steht auf.

»Wir sind bereit, Ihnen eine Million zu zahlen«, sagt er und wendet sich dann an Ding-Dong. »Wollen Sie das Geld herausnehmen, Signorina Odissea?«

Der Bourbon, den ich geschluckt habe, macht Anstalten, zurückzukommen und sich durch die Nase einen Weg ins Freie zu suchen, also muß ich ihn hustend wieder in den Schlund zurückbeordern.

Ding-Dong nimmt eine schwarze Mappe, die ich vorher nicht bemerkt habe, öffnet sie, entnimmt ihr eine kleine gelbe Mappe und zieht aus dieser ein Paket Zehntausender.

»Das sind fünfhunderttausend«, sagt sie und legt das Paket auf den Tisch zwischen die Gläser.

Dann sucht sie in einer anderen Mappe herum und bringt ein Scheckbuch zum Vorschein.

»Ich unterschreibe einen Scheck über weitere fünfhunderttausend«, sagt Professor Limite, »vordatiert auf den nächsten Montag, denn am Montag müssen Ihre Recherchen beendet sein. Wenn nicht, zahlt die Bank das Geld nicht aus.«

Ich stehe auf und mache ein paar Schritte.

Teufel, Teufel! Meine ganze Arbeit besteht im Grund nur darin, meine Sintflut zu finden und sie in ihren Tränen zu ersäufen. Und dafür bezahlt mich keiner. Also kann die Sache ruhig warten bis nach der Million.

»Einen Moment«, sage ich, »ich habe noch nicht zugesagt.«

Ich pflanze mich zwei Finger vor Dr. Vainlettigas Nase auf.

»Hören Sie zu«, sage ich, »ich will wissen, warum Sie ausgerechnet zu mir gekommen sind.«

»Wir wissen, daß Sie der einzige tüchtige, diskrete und ehrliche Detektiv in unserer Stadt sind«, sagt Vainlettiga.

»Nun dann«, sage ich, »können Sie auch wissen, daß ich meine Finger nicht in unsaubere Sachen stecke.«

Ich glaube von irgendwoher ein Kichern zu hören.

Ich drehe mich um.

Das Gesicht von Ding-Dong kann ich nicht sehen. Mit geneigtem Kopf füllt sie den Scheck aus.

»Es handelt sich um eine in jeder Beziehung einwandfreie Sache«, sagt der Spitzbart.

»Nicht ganz«, sage ich, »da Ihr Mitarbeiter von der Polizei gesucht wird. Kann ich wenigstens erfahren, was er angestellt hat?«

»Nichts Schlimmes«, sagt Vainlettiga, »er ist ausgerissen, als man ihn begraben wollte.«

Das ist ein Tiefschlag, Kinder, und ich muß dreimal durchatmen, um mein inneres Gleichgewicht wiederzufinden.

»Er ist ausgerissen, als man ihn begraben wollte?« sage ich, und ich muß ein recht sonderbares Gesicht gemacht haben, weil alle mich anstarren.

»Ich verstehe Ihr Erstaunen«, sagt Estremo Limite, »aber dieser Fall ist tatsächlich vor wenigen Stunden passiert. Vielleicht ist es besser, wenn Dr. Vainlettiga Ihnen den ganzen Fall vorträgt?«

Ich fülle mein Glas bis zum Rand und setze mich.

»Also«, beginnt Dr. Vainlettiga, »unser Mitarbeiter ist vorvorige Nacht an einem Herzinfarkt gestorben. Aber heute, während der Beerdigung hat der Tote den Sarg aufgestemmt und ist lebendiger denn je davongerannt. Er hat sogar die Friedhofsmauer übersprungen.«

Ich komme mir vor, als hätte ich plötzlich ein gelb-blau gestreiftes Gesicht. Alle blicken auf mich, und ich muß meinen Blick ins Bourbonglas versenken.

»Es handelt sich um den Dr. Federico Piè«, fährt Vainlettiga fort, »um einen unserer wertvollsten Mitarbeiter, und sein Verschwinden macht uns große Sorgen. Ich meine, sein Verschwinden aus dem Friedhof, nicht sein Tod. Wir hatten mit seiner Witwe, respektive mit seiner Frau vor kurzem eine Unterredung, wir sprachen auch mit einigen seiner Angehörigen; keiner kann beschwören, daß der Mann, der aus dem Sarg auftauchte, tatsächlich der Dr. Piè war: seine Frau ist, wie auch andere Anwesende, in Ohnmacht gefallen, aber sie ist trotzdem überzeugt, daß er es war. Auch andere, nicht ohnmächtig gewordene Zeugen bestätigen, daß es sich um den Toten handelt, wenn er auch von Kopf bis Fuß mit Lehm bedeckt war.«

Mit zwei Schlucken Bourbon gelingt es mir, diese Nachricht zu verdauen, und als mein Magen in Ordnung und mein Nervensystem wieder fit ist, stelle ich das Glas auf den Tisch zurück.

»Was bringt Sie auf den Gedanken, daß es jemand anderer gewesen sein könnte?« frage ich.

»Dieser Gedanke ist uns gar nicht gekommen«, sagt Vainlettiga, »wir sind überzeugt, daß Dr. Piè nicht tot ist. Das Ganze ist eine diabolische Machenschaft, aber der Arzt, der den Totenschein unterzeichnet hat, schließt diese Möglichkeit absolut aus.«

»Tatsächlich ist die ganze Geschichte reichlich unklar«, sagt Professor Limite. »Heute früh während des Leichenzuges hat sich ein ziemlich ungewöhnlicher Fall zugetragen. Der Fahrer des Wagens, der den Toten auf den Friedhof bringen sollte, hat das Gefährt ganz wo anders hingesteuert, und es ist ihm gelungen, seine Spuren zu verwischen. Können Sie sich die Verzweiflung der Angehörigen vorstellen! Wenig später entdeckten ein paar Maurer durch Zufall den Leichenwagen in einem verlassenen Schuppen an der Peripherie und verständigten die Polizei. Nach flüchtigen Recherchen hat die Polizei den Diebstahl des

Wagens als des Werk eines Verrückten erklärt und die Erlaubnis zur Beendigung der Beerdigungszeremonie erteilt.« Ich versuche etwas zu sagen.

»Es ist immerhin möglich«, sage ich, »daß der Dieb des Totenwagens die Leiche ausgetauscht haben könnte.«

Der Spitzbart des Präsidenten fängt zu wackeln an.

»Zu welchem Zweck?« sagt der Präsident. »Warum einen Toten durch einen Lebenden ersetzen?«

»Tja«, sage ich, »das hätte keinen Sinn.«

»Sehen Sie«, sagt Vainlettiga, »als wir von diesem abwegigen Fall gehört haben, sind wir in aller Eile zusammengekommen und haben alle Möglichkeiten geprüft. Unserer Meinung nach handelt es sich um einen teuflischen Plan, wenn es uns auch schwer fällt, an eine Schuld unseres Dr. Piè zu glauben. Wir haben ihn immer für einen Mann von absoluter Integrität gehalten.«

Dr. Vainlettiga schüttelt den Kopf, der Professor Limite seufzt, und der Präsident streichelt seinen Spitzbart.

»Unserer Meinung nach hat sich Dr. Piè tot gestellt. Wir wissen nicht, wie er das in so vollkommener Weise fertiggebracht hat, daß er sogar den Arzt täuschen konnte. Aber wir können nicht ausschließen, daß er unter seinen Angehörigen einen Komplizen hat, vielleicht sogar den Arzt selbst. Es ist an Ihnen, das herauszufinden. Einer der Mittäter hat während des Trauerzuges den Wagen gestohlen, ihn an einen versteckten Ort gebracht mit der Absicht, den Sarg zu öffnen, um den angeblichen Toten herauszulassen. Die vorbeikommenden Maurer haben aber den Wagen entdeckt, und der Gauner ist noch vor Ankunft der Polizei entwischt. So mußte Dr. Piè mühsam, ohne Hilfe von außen, während der Beerdigung den Sargdeckel aufstemmen und konnte gerade noch im letzten Augenblick entwischen.«

»Genial!« sage ich.

Alle drei lächeln geschmeichelt, der Stolz strahlt aus ihren Augen, wie wenn sie die Erfinder der Mondsonne wären.

Ich werfe einen Blick auf Ding-Dong.

Sie hat den Scheck ausgeschrieben und fächelt sich damit, damit die halbe Million gut trocknet.

»Kann ich erfahren, warum Ihnen dieser Dr. Piè so wichtig ist?« frage ich.

»Ganz einfach«, sagt Dr. Vainlettiga, »Dr. Piè hat eine Erfindung gemacht, die für unsere ganze Produktion von umwälzender Bedeutung ist.«

»Um was geht es?« frage ich.

»Das ist streng geheim«, sagt der Spitzbart. »Wir müssen Dr. Piè finden, ehe die Polizei ihn entdeckt: wir haben kein Vertrauen zur Polizei, ebensowenig wie zur Presse.«

Ich stehe auf.

»Ja dann«, sage ich, »wenn Sie *mir* auch nicht vertrauen, können Sie Ihr Geld wieder einpacken.«

Ich sehe, wie Ding-Dong die Hand ausstreckt, um das Geldpaket wieder an sich zu nehmen, aber der Dr. Vainlettiga springt auf.

»Warten Sie, Signorina«, sagt er und schaut dann auf mich. »Wollen Sie uns einen Moment entschuldigen?«

Er macht seinen Genossen ein Zeichen, und alle drei stellen sich, fern von meinen Ohren, ans Fenster.

Ich bleibe hinter dem Divan stehen. Ding-Dong sitzt darauf und zeigt mir ihren schönen Rücken. Ihr Kopf ist in meiner Reichweite.

Eine solide Bronzeglocke.

Ich versuche mit dem Knöchel des Zeigefingers auf den Bronzemantel zu klopfen.

Das charakteristische Vibrieren müßte im ganzen Zimmer zu vernehmen sein. Statt dessen nichts.

Absolute Stille. Der Fingerknöchel versinkt in einem weichen Haarpolster.

Sie dreht sich um und schaut mich an, eine Welle von
»Nagaika« sticht mir in die Nase und wandert weiter bis
zu den Knien.

Ich umrunde den Diwan und setze mich an ihre Seite.

»Sind Sie heute abend frei, Sie und Ihr Parfüm?« frage
ich.

Sie streicht ein Lächeln auf ihre Lippen und zeigt auf den
Banknotenhaufen.

»Aber Sie sind beschäftigt«, sagt sie.

»Halb so wild«, sage ich, »ich kann ebensogut erst morgen
früh anfangen und überhaupt habe ich noch gar nicht zugesagt.«

Sie gibt keine Antwort, sondern kramt in ihrer Tasche herum. Dann merke ich, daß die drei ihre Geheimsitzung beendet haben und sich mir auf Armlänge nähern.

»Signor Pipa«, sagt der Präsident, »ich, Dr. Vainlettiga,
Professor Limite und Signorina Odissea sind die einzigen,
die von dem Projekt wissen. Sie werden deshalb unser
Zögern verstehen.«

»Ich verstehe es«, sage ich.

»Da wir Ihr Vorleben kennen«, fährt er fort, »glauben
wir, Ihnen vertrauen zu können. Wir müssen nur darauf
bestehen, das Geheimnis zu wahren, auch wenn Sie unseren
Auftrag nicht annehmen. Das ist von größter Wichtigkeit
für uns.«

»Einverstanden«, sage ich.

Er nimmt sein Bourbonglas und setzt sich.

»Wir sind die einzige Nußknackerfabrik in unserem
Land«, sagt Dr. Vainlettiga, »es ist uns, dank der Qualität
unserer Erzeugnisse, gelungen, diese Monopolstellung zu
halten. Keinem ist es bis heute gelungen, bessere Nuß-
knacker herzustellen als die unsrigen. Wir exportieren in
die ganze Welt, da weder englische noch amerikanische
noch australische Fabriken mit unseren Erzeugnissen kon-

kurrieren können. Eine Fabrik im kommunistischen China hat einige Male versucht, unseren Markt zu erobern, ohne jeden Erfolg, obwohl sie unsere besten Modelle zu kopieren versuchte.

Nun befinden wir uns in einer vollständigen Erneuerungsphase.

Wir leben im Atomzeitalter und müssen uns dem Fortschritt anpassen, wenn wir nicht untergehen wollen. Dr. Piè ist ein As auf dem Gebiet der Kernphysik und arbeitet seit Jahren an einem kühnen Projekt.«

»Atomnußknacker?« frage ich.

»Genau«, sagt Vainlettiga, »ein Gerät von äußerster Einfachheit, eine vollständige Revolution in unserer Branche. Sehen Sie, Signor Pipa, nach dem, was sich ereignet hat, befürchten wir, daß es unserem gefährlichen Konkurrenten, ich spiele auf diese Fabrik im kommunistischen China an, gelungen ist, Dr. Piè zu bestechen, um sich seine Erfindung anzueignen. Das wäre das Ende unserer Monopolstellung.«

»Hatten Sie irgendeinen Verdacht«, frage ich, »bevor die Sache heute früh passierte?«

»Keinerlei Verdacht«, sagt Dr. Vainlettiga, »niemals. Wir setzten immer das größte Vertrauen in Dr. Piè. Auch jetzt können wir uns nicht vorstellen, daß er plötzlich zum Verräter werden konnte.«

»Die Pläne waren in seinem Besitz«, sagt Professor Limite. »Er selbst hat den Mikrofilm mit den Formeln und die Ausarbeitung der Erfindung aufbewahrt. Alle Vorstudien, Berechnungen und Originalzeichnungen wurden vernichtet. Der Mikrofilm wurde im Safe seines Büros in der Fabrik aufbewahrt. Gestern abend haben wir ihn angerufen und ihn gebeten, mit dem Mikrofilm zu unserem Präsidenten zu kommen. Eine halbe Stunde später rief er von seinem Büro aus zurück, daß er dort sei, den Mikro-

film aus dem Safe genommen habe und in einer Viertelstunde bei uns sein würde. Das Büro von Dr. Piè liegt
am äußersten Ende der Fabrikanlage, ziemlich weit weg
von unserem Bürohaus. Wir haben eine halbe Stunde gewartet und uns dann entschlossen, ihm entgegen zu gehen.
Er lag am Boden neben seinem Tisch und schien tot. Der
Safe war verschlossen, wir haben ihn geöffnet, den Mikrofilm aber nicht gefunden. Wir fanden ihn auch nicht bei
dem toten – oder scheintoten Dr. Piè, wir fanden ihn
nirgends. Wir nehmen an, daß er ihn an einem sicheren
Ort versteckt hat, um später zurückzukommen und ihn zu
holen. Vielleicht sogar außerhalb des Gebäudes: Zeit genug
hatte er ja.«
Ich nehme die Pose tiefen Nachdenkens an, und es gelingt
mir auch. Alle schauen schweigend auf mich.
»War dieser Dr. Piè herzleidend?« frage ich.
»Vor ungefähr zwei Jahren hatte er einen Anfall«, sagt
Vainlettiga, »aber er war vollständig wiederhergestellt.«
»Er könnte vor Schreck gestorben sein«, sage ich. »Nehmen
wir an, irgendeiner ist in sein Büro gekommen, hat ihn mit
der Pistole bedroht und sich den Mikrofilm aushändigen
lassen. Ein Herzkranker kann auf diese Weise sehr schnell
hinüber sein.«
»Allerdings«, sagt der Präsident und zieht mit zwei Fingern an seinem Bart, »das wäre eine Möglichkeit. Dann
wäre der Mikrofilm bereits in den Händen dieser Ver-
brecher!«
Jetzt springt der Professor Limite auf und macht mit den
Armen die allgemein bekannte Bewegung, wenn man jemanden zum Teufel wünscht.
»Was sind Sie denn für ein Detektiv!« schreit er. »Wenn
doch der Dr. Piè aus seinem Sarg herausgehüpft ist, lebendiger als Sie und ich, und sich mit einem Sprung davon
gemacht hat! Was reden Sie denn da für einen Unsinn!«

Ich springe auf die Füße mit der Absicht, sie ihm um den Hals zu wickeln, aber leider beeinträchtigt die Millionenbarriere vor mir auf dem Tisch meinen Entschluß ganz gewaltig.

Was würde aus dieser Million, wenn ich diesen braven Menschen erzählen würde, daß der dem Grab Entsprungene nicht der arme Dr. Piè war, sondern ich?

Ich streichle meinen Hals und beruhige mich.

»Auch das ist wahr«, sage ich dann.

Ich setze mich wieder und schließe die Augen: meine grauen Zellen arbeiten besser im Dunkeln.

Irgendwie liegt die ganze Geschichte schief, Leute; der Mikrofilm ist verschwunden, und jemand hat die Leiche des Dr. Piè gestohlen. Das ist absolut sicher. Aber wo ist der Vorteil, eine Leiche zu stehlen? Eine Leiche ist keinesfalls mehr imstand, zu verraten, wo sie den Mikrofilm versteckt hat. Auf diese Frage kann jemand mir eine Antwort geben: meine Sintflut.

Diesmal trinke ich zwei Biere aus einem Glas, oder fange zwei Fliegen mit einem Schlag, wie Sie's lieber haben.

Ich mache die Augen auf und schaue den Präsidenten an.

»Es ist Ihnen wohl nicht bekannt«, sage ich, »daß Dr. Piè ein Doppelleben geführt hat?«

»Ein Doppelleben, in welcher Beziehung?« sagt Spitzbart.

»Daß er außer seiner rechtmäßigen Gattin noch eine Frau hatte. Daß er einmal mit der einen und einmal mit der anderen lebte. Es wäre nicht das erste Mal, daß so etwas geschieht.«

Die drei starren mich an, als ob mir aus allen Gesichtsöffnungen Bourbon sprudeln würde.

»Wie kommen Sie auf diese blödsinnige Idee?« sagt Vainlettiga. »Diese Unterstellung ist einfach absurd.«

»Dr. Piè war eine in jeder Beziehung einwandfreie Persönlichkeit, wenigstens von diesem Gesichtspunkt aus«, sagt Spitzbart. »Jeder wußte, wie verliebt er in seine Frau war.«

Professor Limite zuckt die Achseln.

»Übrigens können Sie das leicht nachkontrollieren«, sagt er.

»Ich versteh überhaupt nicht, wie Ihnen eine so idiotische Idee durch den Kopf gehen konnte«, sagt Vainlettiga.

Es ist wirklich eine idiotische Geschichte, und ich habe sie geschluckt, als meine Sintflut sie mir vorexerzierte.

Aber es steht wohl außer Frage, sie diesen Herren hier weiterzuerzählen.

Diesmal zucke ich die Achseln.

»Immer besser, alles nachzukontrollieren«, sage ich, »besonders, wenn Sekretärinnen in der Geschichte mitmischen, die so ganz außerhalb der handelsüblichen Normen stehen.«

Ding-Dong schaut mich fest an und versucht zum zweiten Mal zu erröten.

»Danke für das ›außerhalb der handelsüblichen Normen‹«, sagt sie.

»Signorina Odissea steht auch in diesem Punkt ›außerhalb der handelsüblichen Normen‹«, sagt Spitzbart.

»In Ordnung«, sage ich, »ich will nichts gesagt haben.«

Ein Seufzer entschlüpft mir, und ich stehe auf.

»Ausgezeichnet«, sage ich, »was soll ich Ihnen also bringen? Den lebenden Dr. Piè oder den Mikrofilm und den Toten?«

»Vor allem den Mikrofilm«, sagt Spitzbart, »und dann den Dr. Piè. Ob lebend oder tot interessiert uns nur bis zu einem gewissen Grad, wenn nur der Mikrofilm wieder in unserem Besitz ist!«

»Also gut«, sage ich, »ich bin dabei.« Alle stehen auf.

»Darüber bin ich sehr froh«, sagt der Präsident.

»Signorina Odissea«, sagt Vainlettiga, »bereiten Sie die Quittung vor.«

Professor Limite nimmt den Scheck und unterschreibt ihn.

Ding-Dong entnimmt der kleinen Mappe ein maschinengeschriebenes Blatt und überreicht es mir.

Dann gibt mir Professor Limite die Feder.

Ich unterschreibe das Blatt und sammle Geld und Scheck auf.

Dann muß ich alles wieder hinlegen, um sämtliche Hände zu drücken.

»Machen Sie sich sofort ans Werk«, sagt Vainlettiga.

»Wir erwarten so schnell als möglich gute Nachrichten«, sagt der Präsident und gibt mir eine Visitenkarte, »hier unsere Adresse und Telefonnummer . . .«

Sie sind schon alle zur Türe hinaus, als Ding-Dong ihre Mappe schließt und vom Diwan aufsteht.

Zusammen mit einer Wolke »Nagaika« und einem Lächeln schwebt sie unter meiner Nase vorbei.

Bei der Tür bleibt sie stehen und dreht sich mir zu.

»Nach zehn Uhr«, sagt sie und ist verschwunden.

Tief einatmend stehe ich mitten im Zimmer.

Was heißt »nach zehn Uhr«? Soll das ein Rendez-vous sein?

Und wo?

Blöde Weiber! Ich bin zwar ein Detektiv, aber einen kleinen Tip, wie ich eine Arbeit anpacken soll, brauche ich trotzdem.


### 4. KAPITEL

*Sie überflutet die Knie des Publikums – ich erhalte eine wenig erfreuliche Einladung, aber man muß der Wirklichkeit ins unbestechliche Auge sehen und auch den Leut-*

*nants von der Polizei, da gibt es keine Alternative – ein*
*ziemlich bewegtes Abendessen, was mir aber nicht miß-*
*fällt.*

Teufel, Teufel, Leute! Noch vor wenigen Stunden hatte
ich nicht einmal das Geld, mir eine leere Flasche zu kaufen.
Und jetzt habe ich es haufenweise, und ich könnte, hingestreckt am Rande eines Swimmingpools, bis oben hin
mit meinem Leib- und Magensaft gefüllt, einige Monate
im *dolce far niente* verbröseln.
Ein Swimmingpool olympischen Ausmaßes, versteht sich
natürlich.
Aber ich habe keine Zeit, an Ferien auch nur zu denken.
Nachdem ich Geld und Scheck sicher verstaut habe, nehme
ich den Regenschirm und gehe aus.
Ich muß meine Sintflut finden, weil ich wissen möchte, was
sie mir zu der Sache zu sagen hat.
Vielleicht mache ich einen unnötigen Weg, aber versuchen
muß ich's, sonst weiß ich nämlich nicht, an welchem Ende
anfangen.
Ich gehe als erstes in die »Mitternachtssonne«, ein wenig
mit Bobò Finallazeta plaudern.
Bobò Finallazeta ist der Archivar dieses Boulevardblat-
tes, hat das Gehirn voller Daten, Adressen und lehrrei-
chen Geschichten über alle oder fast alle Bürger unserer
Stadt und umliegenden Ortschaften.
Ich finde ihn unter fingerdickem Staub, als er gerade eine
Tonne Fotos mit Daten versieht.
»Salve, Bobò«, sage ich, »wie geht's dir und deinem Ar-
chiv?«
»Streng dich nicht an«, sagt er, »spuck deine Fragen aus
und verschwinde wieder. Wo du auftauchst, stinkt es nach
Angebranntem. Wer ist der Mensch?«
»Eine Menschin diesmal«, sage ich. »Kupferfarbenes Haar,

blaue Augen. Name: Neta de Lapis, der kann aber auch falsch sein.«

»Besondere Kennzeichen?« fragt er. »Muttermal am Ende des Rückens, Blinddarmoperationsnarbe oder nervöser Tick am Schenkel?«

»Nichts«, sage ich, »ich hatte leider keine Gelegenheit zu näherer Inaugenscheinnahme.«

»Zu wenig«, sagt er, »erzähl mir etwas mehr.«

»Ich weiß nicht, ob dir das etwas sagt: sie weint wie ein Sommergewitter.«

Ich sehe, wie er sich konzentriert, dann schnalzt er mit den Fingern.

»Da gab es eine, die konnte zu jeder Tages- und Nachtzeit Tränen in unbeschränkter Menge fließen lassen«, sagt er. »Aber ich weiß nicht, ob es die ist, die du suchst ... Vor zwei Jahren war sie Schauspielerin.«

»Das muß sie sein«, sage ich. »Und nannte sie sich nicht Neta de Lapis?«

»Nein! Sie heißt Rabarbara Barabi, ihr Künstlername war damals Chela Sicchè. Vor zwei Jahren war sie zweiundzwanzig und ist im Ensemble Bricchi Stuardi Andegario aufgetreten, aber nicht öfter als sechsmal. Sie war eine recht begabte Schauspielerin, aber nach der sechsten Aufführung mußten sie sie entlassen.«

»Warum?«

»Protest des Publikums. Am Ende jeder Aufführung hatten die Zuschauer in den ersten Reihen nasse Beine.«

»Das muß sie sein«, sage ich. »Und wo ist sie dann hingekommen?«

»Weiß ich's? Nie mehr von ihr gehört.«

»Kram noch in deinem Hirnkasten«, sage ich, »dann findest du sicher noch einiges.«

»Einen ganzen Haufen«, sagt er, »aber nichts, was du brauchen kannst.«

»Irgendein Mitglied des Ensembles könnte vielleicht etwas wissen.«

»Versuchen kannst du's«, sagt er, »aber die sind in alle Winde zerstreut. Einer in einem Ensemble, der andere im anderen, manche arbeiten beim Film, einige beim Fernsehen. Ich glaube nicht, daß irgendeiner von diesen . . .«

Er tupft sich mit dem Bleistift auf die Nasenspitze.

»Warte, warte, warte«, sagt er dann, »einige Monate danach habe ich sie in einer Reklamesendung im Fernsehen gesehen. Reklame für eine vollautomatische Waschmaschine; genau. Sie weinte, weil ihr Mann ihr keine kaufte und wusch deshalb ihre Wäsche in ihren Tränen. So. Mehr weiß ich wirklich nicht mehr.«

»Wirklich nicht?«

»Wirklich nicht.«

»Erinnerst du dich, wie die Waschmaschine hieß? Ich meine die Marke.«

»Lavestrizza«, sagt er. »Eine neue Erfindung, die wäscht und trocknet. Lavestrizza.«

»Dankeschön«, sage ich.

Er taucht wieder in seiner Staub- und Fotowolke unter, und ich verdufte.

Bei der »Lavestrizza« schicken sie mich zum Teufel. Ich lange mir den Direktor dieser Gesellschaft, stecke ihn in eine seiner Waschmaschinen und drücke aufs Knöpfchen.

Dann gehe ich ins Fernsehstudio.

Der Programmchef weiß von nichts. Er sagt nur, daß bei ihm fünfundzwanzig Firmen Reklamesendungen aufzeichnen.

Er gibt mir das Verzeichnis mit ihren Adressen, und ich gehe. Und dann, beim unheiligen Hasdrubal, sagen Sie womöglich noch, mein Job wäre eine simple Angelegenheit!

Ich müßte also jetzt die ganze Stadt nach der richtigen

Firma abklappern und dabei riskieren, daß alle mir versichern, sie hätten keine Ahnung, wo dieses Geschöpf abgeblieben ist.

Diese Arbeit müßte mein Partner machen, aber wer weiß, wo der sich herumtreibt.

Kann sein, er ist in die »Fledermaus« gegangen und schimpft dort über mich bei seiner Braut, wofür ich ihn an seinem Prachtschweif ziehen müßte, aber so was tue ich nicht.

Ich gehe ins Büro.

Dort lege ich das Verzeichnis auf den Schreibtisch vor mich hin. Rechts stelle ich ein Glas und die Bourbonflasche daneben.

Dann ziehe ich das Telefon in Reichweite und fange an.

Wie oft werde ich fragen müssen: »Haben Sie vor ungefähr eineinhalb Jahren eine Reklamesundung für das Fernsehen der Firma ›Lavestrizza‹ gemacht?«

Schwerlich werde ich soviel Glück haben, schon beim ersten Mal ins Schwarze zu treffen.

Und siehe da, der erste antwortet mir, daß er nur Reklamesendungen für Weichkäse macht.

Mit dem roten Bleistift streiche ich Adresse um Adresse aus. Als ich acht hinter mich gebracht habe, lege ich den Hörer auf, greife zur Flasche und gieße ein.

Der Moment für Bourbonnachschub ist gekommen, und mein armer Zeigefinger braucht eine Ruhepause, da er nicht darauf trainiert ist, die Wählscheibe am laufenden Band zu drehen.

Während ich trinke, klingelt das Telefon.

Ich nehme den Hörer.

»Salve Pipa«, höre ich.

Diese Stimme läßt meine Rückenhaare sich aufstellen, wenn ich welche hätte.

Es ist die Stimme des Leutnants Tram von der Mordabteilung, und wenn der anruft, weiß ich, daß ich schon besser gelacht habe.

»Freue mich, dich zu hören«, sage ich.

»Ich auch«, antwortet Tram. »Ich würde mich aber noch mehr freuen, dich zu sehen. Schaffst du es, zu Fuß herzukommen, oder willst du den Kundendienst unserer Firma in Anspruch nehmen?«

»Könntest du mir nicht telefonisch mitteilen, was du von mir willst?« sage ich. »Ich bin momentan schrecklich beschäftigt.«

»Geht nicht«, sagt Tram. »Ich muß deine Visage vor Augen haben, wenn du auf die Fragen, die ich dir stellen muß, antwortest.«

»Was für Fragen?«

»In genau sieben Minuten kennst du sie. Wenn du nämlich in sieben Minuten nicht hier bist, lasse ich dich auf Staatskosten abholen.«

Ich höre, daß er den Hörer auflegt, also tue ich das gleiche.

Hab ich's doch gleich gesagt, daß die von der Zentrale in Bewegung kommen werden, und wenn Tram mich angerufen hat, so heißt das, sie bewegen sich nach der richtigen Seite.

Sie müssen meinen Anzug im Leichenwagen gefunden haben.

Und ich Idiot habe es nicht einmal für nötig gehalten, die Taschen auszuleeren!

Was tun?

Verschwinden oder mich in die Mache nehmen lassen?

Wenn ich abhaue, kennt Tram kein Pardon. Das würde er mich teuer zahlen lassen, wenn er mich eingefangen hat.

Na ja, schließlich und endlich habe ich niemanden gekillt. Ich werde mir schon etwas einfallen lassen, mich herauszuwursteln, zum Abhauen ist immer noch Zeit.

Ich lege das Verzeichnis der Filmgesellschaften beiseite, schließe das Büro ab und gehe.

Kaum bin ich auf der Straße, fällt mir ein, daß ich seit gestern abend nichts gegessen habe, und es ist bereits acht Uhr vorbei.

Ich hole meinen Blimbust und halte vor »Alles vom Grill«, einem Lokal, in dem ich oft esse.

Ich lasse mir ein Tischchen geben, ein paar Teller, Besteck, ein mit Honig gefülltes Hühnchen, ein paar Pommes frites, Pelikankäse und eine Flasche Bourbon mit Glas.

Aus dem Tischtuch mache ich ein hübsches Bündel und verstaue es in meinem Wagen.

Noch keine neun Minuten sind vergangen, als ich das Büro des Leutnants Tram in der Polizeizentrale betrete.

»Da bin ich«, sage ich, »pünktlich wie immer.«

»Nicht ganz«, sagt Tram, »eben wollte ich durchgeben, dich zu holen.«

Er sitzt an seinem Schreibtisch, und während er redet, verlagere ich den ganzen Papierkram, der in der rechten Ecke aufgehäuft ist und schiebe noch einen Haufen Zeug, Bleistifte, Federn, Klammern, nach, bis ich soviel Platz freigemacht habe, wie ich brauche. Dann breite ich das Tischtuch aus und verteile Teller, Besteck, Flasche und Glas auf ihm.

»Entschuldige, wenn ich mich hier niederlasse«, sage ich, »aber da du es so brandeilig hattest, mich zu sehen und ich keine Zeit verlieren wollte, habe ich gedacht, wir können unser Plauderstündchen genausogut absolvieren, während ich esse. Hast du schon gegessen?«

Ich merke, daß er überzukochen beginnt wie ein Topf Milch auf offenem Feuer und schaue ihn an.

Das Blut spritzt ihm aus allen Poren, aber er preßt die Fäuste zusammen, und es gelingt ihm auch, die roten Blutkörperchen wieder in ihren normalen Umlauf zu bringen.

»Wenn du noch nicht gegessen hast, hättest du es mir sagen können«, sage ich, »dann hätte ich für dich auch etwas mitgebracht.«

Langsam wird er wieder normal, aber ich merke ihm an, wieviel Mühe ihn das kostet.

»Mit mir macht keiner dumme Witze«, stößt er zwischen den Zähnen hervor, »und das hier ist der denkbar ungeeignetste Ort für schlechte Scherze.«

Ich antworte ihm, während ich den Tisch fertig decke.

»Ich mache keine dummen Witze«, sage ich, »ich versichere dir, daß Essen eine sehr ernstzunehmende Tätigkeit ist.«

Ich setze mich, binde mir die Serviette um den Hals und attackiere das Huhn.

Tram steht auf, stößt seinen Sessel nach hinten und beginnt im Büro hin und her zu tigern, öffnet die Tür, schaut hinaus und macht sie wieder zu.

»Tut mir leid«, sage ich, »ich wäre nach dem Essen gekommen, aber du wolltest mich ja sofort sehen.«

Ich merke, daß er hinter meinem Stuhl stehen bleibt, und kann mir lebhaft vorstellen, was er gern mit mir machen würde.

»Ich schmeiße dich nur nicht hinaus«, sagt er, »weil ich hoffe, daß dir alles in die falsche Kehle geht.«

Ich schlucke einen Bissen hinunter und schenke mir ein Glas Bourbon ein.

»Danke schön«, sage ich, »ich nehme diesen Wunsch für deine charmante Art, mir guten Appetit zu wünschen.«

Ich höre einen nichtendenwollenden Seufzer von ihm, dann geht er zum Fenster und lehnt sich dort an.

»An was arbeitest du zur Zeit?« fragt er.

»An dem mit Honig gefüllten Hühnchen«, sage ich.

Ich merke gar nicht, daß er auf mich zukommt, ich sehe nur, wie das Huhn den Teller verläßt und in den Papierkorb taucht.

Dann stemmt Tram seine Fäuste auf den Schreibtisch. »Ich will wissen, mit was für einem Fall du zur Zeit beschäftigt bist«, sagt er.

Ich schüttle den Kopf.

»Das geht dich nichts an«, sage ich, »Berufsgeheimnis.«

»Vielleicht geht dieser Fall auch mich an«, sagt er, »und *wenn* er mich etwas angeht, kannst du dir dein Berufsgeheimnis an den Hut stecken.«

Während ich mir ein paar Pommes frites in den Mund stecke, schüttle ich wieder den Kopf.

»Ich schließe aus, daß der Fall dich etwas angeht«, sage ich mit vollem Mund, »da sind keine Morde drin.«

»An deiner Stelle wäre ich da gar nicht so sicher«, sagt Tram, »hat dir dein Partner noch nicht Bericht erstattet?«

Die Kartoffeln bleiben mir im Hals stecken, und ich muß sie mit einem Schluck Bourbon hinunterwürgen.

»Mein Partner?« sage ich, »meinst du Gregorio Scarta, den Polizeihund?«

»Genau den«, sagt er.

»Ich glaube nicht, daß er noch mit mir arbeitet«, sage ich, »gestern haben wir uns aus privaten Gründen zerstritten. Er hat dann die Tür hinter sich zugeschmissen und ist weg. Seither habe ich ihn nicht mehr gesehen.«

»Märchen«, sagt Tram, »ich glaube dir kein Wort.«

Ich stehe auf, gehe zum Papierkorb, ziehe das Huhn heraus und reiße ihm ein Bein aus.

»Heut früh hat er ein Mädchen aus dem Fluß gefischt und an Land gezogen«, sagt Tram.

»Eine noble Geste«, sage ich, »womit ich ihn aber nicht beauftragt hatte. Habt ihr ihn verhaftet?«

»Red keinen Blödsinn. Das Mädchen hatte einen Stein ans Bein gebunden. Irgendwer hat sie in der Morgendämmerung von der Cavalcionebrücke geworfen.«

Ich schlucke ein Stück vom Hühnerbein hinunter.

»Ich war's bestimmt nicht«, sage ich, »wenn's das ist, was du wissen möchtest.«

Breitbeinig stellt er sich sechzig Zentimeter von meinen Schuhen auf.

»Hör gut zu, Pipa«, sagt er dann. »Du hast Greg auf die Spur von irgend jemand angesetzt. Ich weiß nicht, ob du ihn dem Mädchen nachgeschickt hast oder ihren Freunden, die sie so sauber zugerichtet haben. Ich weiß nur, daß Greg gesehen hat, wie sie das Mädchen in den Fluß geworfen haben, und ihr nachgesprungen ist. Er hat sie von dem Stein befreien können und sie ans Ufer gezogen. Er hat das Mädchen herausgefischt, sage ich, und wie durch ein Wunder noch lebend. Bis jetzt kann das Mädchen leider nicht sprechen. Bevor sie es in den Fluß warfen, haben sie ihr erst noch eins auf den Kopf gegeben. Schädelbruch oder zumindest Gehirnerschütterung. Zwei meiner Männer sind in die Klinik von Dr. Poscia, wo sie eingeliefert wurde. Wir hoffen, sie bald vernehmen zu können, aber es wird noch einige Zeit vergehen, bis sie auch nur ›ah‹ sagen kann. Daher will ich von dir wissen, was du uns dazu zu sagen hast.«

Ich knabbere den Hühnerflügel ab.

»Ich kann dir nur sagen, daß ich von dieser Geschichte überhaupt nichts weiß«, sage ich. »Warum vernimmst du nicht Greg?«

»Der Blödian ist verduftet«, sagt Tram, »keiner hat ihn nach seiner Rettungsaktion mehr gesehen.«

»Einen Augenblick«, sage ich. »Wieso bist du dann so sicher, daß es sich um meinen Partner gehandelt hat? Es wäre nicht das erste Mal, daß irgendein Hund irgend jemanden aus dem Fluß zieht. Greg ist doch kein Polizist in Uniform.«

»Die Kennzeichen stimmen«, sagt Tram. »Außerdem ist er, nachdem er den Körper herausgezogen hat, in die nächste Bar gelaufen und hat einen Bourbon verlangt. Der Barmann hat ihn schleunigst bedient, um nicht eine Wade zu riskieren.«

»Nach einem solchen Abenteuer war das sein gutes Recht«, sage ich.

»Bestehst du immer noch darauf, nichts zu wissen?«

»Absolut gar nichts«, sage ich. »Kann sein, daß Greg auf eigene Rechnung einen Auftrag übernommen hat. Wie schon gesagt, wir haben uns gestern abend zerstritten, und er hat mich sitzengelassen.«

Tram fährt sich mit der Hand über das Gesicht und seufzt. Dann setzt er sich wieder an seinen Platz.

»Wir haben die Handtasche des Mädchens herausgefischt«, sagt er. »Außer dem üblichen Kram, den Frauen so mit sich herumschleppen, haben wir auch deine Adresse gefunden.«

Dies überrascht mich sehr, und ich tue auch nichts, die Überraschung zu verbergen.

Tram entnimmt einer Schublade eine Handtasche und legt sie auf den Schreibtisch.

Diese Tasche sehe ich nicht zum ersten Mal.

Sie ist noch naß, aber das war sie gestern auch, als sie die vielen Tausender ausspie.

»Beim unheiligen Hasdrubal!« rufe ich aus.

Dann nehme ich das Bourbonglas und leere es.

Dann ist Greg gestern abend gar nicht wütend davon. Er hat sich an das Miniröckchen meiner Sintflut geheftet, weil er kein Idiot ist wie sein Partner, der die Story der untröstlichen Pseudowitwe geschluckt hat!

Jetzt wird die Geschichte klar, Leute! Sie haben sie zu mir geschickt, mir die Krawatte vollzuweinen, und als sie erreicht hat, was sie ihr aufgetragen haben, hätten sie sie gern aus dem Verkehr gezogen. Aber ihre Rechnung ist dank meinem Partner nicht aufgegangen!

Ich hab's ja immer gesagt, daß er ein Supermonsterdetektiv ist!

»Hast du was gesagt?« fragt Tram.

»Daß dieses Mädchen meine Adresse in der Tasche hatte, besagt noch gar nichts«, sage ich.

»Bist du sicher?«

»Absolut. Ich weiß nicht, wer sie ist und was sie macht. Du hast mir noch nichts gesagt über sie, und es kann leicht sein, daß Greg dort zufällig vorbeigekommen ist und gesehen hat, wie man das Mädchen in den Fluß warf.«

»Sie nannte sich Chela Sicchè und tanzte unter Wasser«, sagt Tram.

»Tanzte unter Wasser?«

»Ja«, sagt Tram. »Bei Kilometer vierzehn auf der Straße nach Porto Bamba gibt es ein Lokal, ›Whisky und Bikini‹. Ein Nachtclub mit einem Swimmingpool daneben, und eben in diesem Bassin schwimmen Mädchen herum. Du kannst sie ruhig Unterwasser-Animierdamen nennen. Und dieses Mädchen ist eine dieser Unterwassertänzerinnen.«

Von dem Lokal habe ich gehört, bin aber nie dort gewesen.

»Wußtest du das nicht?« sagt Tram.

»Ich kenne keine Chela Sicchè«, sage ich wahrheitsgemäß, »und kann demnach auch nicht wissen, daß sie Unterwassertänze vorführt im ›Whisky und Bikini‹. Willst du ein Stückchen Käse?«

Tram fährt auf und haut nach dem Käsestück, das ich ihm anbiete. Er fliegt durch die Luft und bleibt an der Wand kleben.

Er beißt die Zähne zusammen, und ich weiß selbst nicht, wie ich überhaupt verstehe, was er von sich gibt.

»Hör zu, Pipa«, sagt er, »du brauchst einen ruhigen Ort, wo du die Möglichkeit hast, dein Gedächtnis aufzufrischen. Ich kann dich in eines der Zimmerchen sperren lassen, die wir hier zur Verfügung haben. Du weißt, daß ich eines immer für dich reserviert halte.«

»Kommt nicht in Frage«, sage ich. »Ich kann mich doch nicht an etwas erinnern, wovon ich gar nichts weiß, auch wenn ich den ganzen Sommer an einen deiner Tischbeine gefesselt verbringen müßte.«

Ich suche die Reste meines mageren Mahles zusammen, decke den Schreibtisch ab und mache aus dem Tischtuch wieder ein Bündel. Ich merke, daß Tram kein Ventil mehr findet, seine Wut abzureagieren, und ich fürchte, er fängt von einem Moment zum anderen zu weinen an.

»Hör zu«, sage ich, »ich kann versuchen, meinen Partner aufzuspüren und mir von ihm sagen lassen, was er weiß. Kann sein, daß dabei etwas Wissenswertes für dich herauskommt. Das ist alles, was ich für dich tun kann.«

»Du übertreibst schamlos, Pipa«, sagt Tram, »und meine Geduld hat ihre Grenzen, bei deren Überschreitung mich keinerlei polizeiliche Vorschriften mehr bremsen können.«

»Du kannst auch nicht die winzigste Anklage gegen mich zusammenschustern«, sage ich, »und da ich dir nichts mehr zu sagen habe, verabschiede ich mich gebührend.«

Ich nehme mein Bündel, gehe zur Tür und mache sie auf.

Dann drehe ich mich um und sage zu ihm: »Nimm's leicht«, sage ich, »es ist nicht meine Schuld, daß ich dir nicht helfen kann. Aber ich hoffe, daß sich mir beim nächsten Mal die Gelegenheit bietet.«

Ich gehe den Korridor entlang bis zur Treppe.

Vor einer der Bürotüren, durch die ich mich, um vorbeizukommen, durchzwängen muß, diskutiert eine Menschengruppe.

Als ich beim ersten Treppenabsatz bin, höre ich Lärm im Korridor, dann eine Stimme, die schreit: »He Pipa!«

Ich drehe mich um und sehe den Captain Ecchemè mir Zeichen machen und die Leute zu mir heraufstarren.

»He, Pipa, komm einmal her!«

»Das ist er, das ist er!« ruft einer, den ich nicht sehen kann.

»Sind Sie sicher?« fragt Captain Ecchemè.

»Zum Donnerwetter! Ich kann mich gar nicht irren!«

Ich habe den Eindruck, daß ich irgendwie schief liege. So steige ich die paar Stufen wieder hinunter, habe aber noch nicht den Fuß auf den Boden gesetzt, als der Captain in sein Pfeifchen bläst und ein halbes Dutzend Plattfüßler sich an meine Jacke klebt.

Mit dem Captain an der Spitze kommt mir die Gruppe entgegen, und ich sitze in der Falle.

Ein kleiner Dicker hüpft aus dem Haufen und wedelt nach allen Richtungen mit den Armen.

»Genau der ist's«, sagt er. »Heut früh war er als Totengräber verkleidet, aber ich erkenne ihn wieder, das kann ich beschwören!«

Auch ich erkenne ihn wieder.

Es ist der Barmann, der mir vor der Trauerparade die Flasche Bourbon verkauft hat.

Verdammt noch mal! Das war nun wirklich nicht nötig!

Eine andere Type ohne Jacke und Hose nimmt mich am Arm.

»Ich will meine Uniform wieder!« schreit er.

»Einen Moment«, sagte der Captain, »ich bitte hier um Ruhe!«

Ich sehe den Leutnant Tram sich durch die Menge Platz machen und in seinem Kielwasser seine rechte Hand, den Sergeanten Kautschuk.

»Was ist los?« fragt der Leutnant Tram.

»Es scheint, diese Leute hier können Pipa als den Mann identifizieren, der heut früh, als Totengräber verkleidet, den Leichenwagen während des Trauerzuges zum Friedhof gestohlen hat«, sagt der Captain Ecchemè.

»Schau einer an«, sagt Tram, »bitte kommen Sie alle in mein Büro.«

»Da hat jemand einen Fehler hineingebracht«, sage ich.

»Der Fehler ist, daß du noch frei herumläufst, obwohl du schon längst sitzen müßtest«, sagt Kautschuk, »auf dem elektrischen Stuhl nämlich.«

Ich nehme die Gabel, die aus meinem Bündel heraussticht, und versenke sie in seinen Schenkel, damit er wenigstens für eine Weile mit vernünftiger Arbeit beschäftigt ist, er muß sie sich doch wohl oder übel herausmachen lassen, meinen Sie nicht auch?

Alle miteinander überschwemmen wir das Tramsche Büro, der Leutnant setzt sich an seinen Platz und der Captain seinen rechten Schenkel auf eine Schreibtischecke.

Jeder sagt irgend was, und ich verstehe immer nur: »Er ist's! Ja ja, er ist's, es kann gar niemand anders sein, ich erkenne ihn wieder, ich irre mich bestimmt nicht!«

»Ruhe bitte!« brüllt der Captain.

Dann wendet er sich dem Leutnant zu und sagt: »Du weißt ja, was heute morgen passiert ist, und die Verwandten des Dr. Piè haben Anzeige erstattet wegen des Verschwindens der Leiche mitsamt dem Wagen und allem. Wir haben den Wagen wiedergefunden, und die Beerdigung hätte ihren normalen Verlauf nehmen können, wenn der Tote nicht abgehauen wäre; aber das interessiert uns nicht. Uns interessiert der Diebstahl des Leichenwagens, da der Chauffeur niedergeschlagen, mit einem Schlafmittel betäubt und im Hinterzimmer einer Bar eingeschlossen wurde. Erst vor einer halben Stunde wurde er wach, und so habe ich die Zeugen in dieser Sache vorgeladen, um sie zu verhören. Alle sagen übereinstimmend aus, daß der Diebstahl von einem rothaarigen Menschen gleicher Statur wie die des hier anwesenden Pipa ausgeführt wurde.«

In eine Wolke von Plattfüßlern gehüllt, bin ich außer-

stande, mich zu bewegen oder auch nur den Mund aufzumachen.

»Vorwärts«, sagt Captain Ecchemè zu dem jacken- und
hosenlosen Menschen, »erzählen Sie uns, was heute morgen geschehen ist.«

»Das ist geschehen«, sagt der Mann im Hemd, »daß beim
Verlassen des Depots der da mich von der Seite angesprungen hat. Dann habe ich etwas auf den Kopf bekommen
und bin erst vor einer halben Stunde wach geworden.«

»Sind Sie sicher, daß es sich um diesen Herren handelt?«
fragt Tram.

»Ich habe sein Gesicht ganz deutlich gesehen, ich kann
mich nicht irren.«

Der Barmann hebt die Hand.

»Ich«, sagt er, »bin an der Theke gestanden und habe
zum Fenster hinausgeschaut, als ich den Leichenwagen
daherfahren sehe, der genau gegenüber, am anderen Trottoir hält. Der Fahrer steigt aus und kommt über die
Straße in meine Bar. Er verlangt einen Bourbon, und dabei sehe ich, verdammt noch mal, sein Gesicht deutlich vor
mir. Ich frage ihn, ob er zum ersten Mal diesen Job macht,
und er sagt ja, daß er fit bleiben will, weil es doch gar
nicht so lustig ist, den Chauffeur für einen Toten zu
machen. Ich will die Flasche wegtun, aber er nimmt sie an
sich. Ich warne ihn noch, er soll aufpassen, daß er sich
nicht bedudelt, weil die Verkehrsordnung das Fahren in
betrunkenem Zustand streng verbietet, aber er zahlt die
ganze Flasche und nimmt sie mit. Die ganze Zeit haben
wir miteinander gesprochen, ich kann mich gar nicht irren,
verdammt und zugenäht!«

Jetzt tritt der Totengräberboß vor. »Ich erkenne ihn sofort wieder, auch wenn er seine Montur gegen Zivilkleider
vertauscht hat. Ich habe sofort gesehen, daß er nicht
Clausidio war, und wenn ich das gesehen habe, dann

werde ich wohl den da gesehen haben! Meinen Sie nicht? Ich habe ihn gefragt, warum er fährt und nicht Clausidio, und er hat geantwortet, daß Clausidio eine wehe Zehe hat und er ihn deshalb vertritt. Dann hat er einem Kollegen einen Schlag versetzt.«

»Mir«, sagt der Kollege, »und seit heute morgen würde ich ihn ihm liebend gern zurückgeben.«

Er präpariert eine solide Rechte und serviert sie mir zwischen zwei Greifern durch.

Ich packe seinen Arm im Flug, reiße ihn aus und schmeiße ihn zusammen mit den Hühnerknochen in den Papierkorb.

»Fein«, sagt der Leutnant Tram, »endlich haben wir eine solide Basis, auf der wir weitermachen können, stimmt's Pipa?«

»Ein solides gar nichts«, sage ich, »alles nur Geschwätz, keine Beweise.«

Ein Höllenlärm geht los, und der Captain Ecchemè verläßt seine Schreibtischecke und drängt die aufgeregte Menge zur Tür.

»Ich schaffe sie alle hinüber«, sagt er. »Laß den Pipa nicht entwischen, wir haben ja noch etwas.«

»Nur mit der Ruhe«, sagt Tram, »der Pipa rührt sich nicht weg.«

Die ganzen Plattfüßler kleben noch an mir, aber das macht mir wenig aus.

»Wenn du willst, kannst du mit deinem Essen weitermachen«, sagt Tram.

Scheinbar hat er seine gute Laune wiedergefunden, und das freut einen dann auch.

Aus meinem Bündel fische ich die Bourbonflasche und gieße mir ein Glas ein.

»Hast du dich gut amüsiert heut früh in deinem Leichenwagen?« fragt Tram.

»Blödsinn«, sage ich, »ich war's ja gar nicht.«

»Hängt das mit deinem Auftrag zusammen, an dem du momentan arbeitest?«

Ich trinke mein Glas aus, und kaum habe ich meinen Tank gefüllt, erscheint wieder der Captain Ecchemè und wirft meinen Anzug auf den Tisch.

»Das«, doziert er, »ist der Anzug, den wir im Leichenwagen gefunden haben. Er war in Papier eingeschlagen. Sie haben mir ihn erst vor einer halben Stunde gebracht, und es war noch keine Zeit, ihn untersuchen zu lassen.«

Tram nimmt den Anzug, beschaut ihn und leert die Taschen. In ihnen befindet sich auch die Fotokopie meiner Privatdetektivlizenz.

»Und hier«, sagt Tram, während sein Gesicht in sanftem Lächeln erstrahlt, »haben wir auch das nötige Beweismaterial. Hast du etwas dazu zu sagen?«

Da ist nicht viel zu sagen, verdammt noch mal! Ich habe mich selbst in diese Bredouille hineinmanövriert und habe noch nicht die geringste Ahnung, wie ich wieder herauskomme.

Ich spucke das erste, was mir in den Sinn kommt, aus, um wenigstens nicht die Rolle des kleinen Buben zu spielen, den man mit dem Finger im Marmeladeglas erwischt hat.

»Es war immer mein Traum«, sage ich, »einen Leichenwagen zu steuern. Was ist daran Schlimmes? Ich hatte nie im Leben die Absicht, einen Leichenwagen mitsamt dem Toten zu stehlen. Was sollte ich damit anfangen? Ihr habt ihn ja auch gleich wiedergefunden, nicht?«

»Ah, ein Traum also!« sagt Tram seelenruhig. Dann springt er auf und wirft mir einen Hochspannungsblick zu.

»Jetzt reicht's mir aber!« brüllt er. »Schluß mit den Blödeleien! Leert seine Taschen und bringt ihn in eine Zelle.«

Er hat noch nicht zu brüllen aufgehört, als mich auch schon ein paar Dutzend Hände von allen Seiten abtasten.

Ich habe den Eindruck, von einer Million Ameisen überfallen zu sein, und ich schaffe es nicht, sie mir alle auf einmal vom Hals und den übrigen Körperteilen zu schaffen.

In weniger als zehn Sekunden landen mit all dem anderen Kram sogar ein paar Semmelbrösel auf dem Tisch des Leutnants Tram.

Tram zeigt beim Betrachten der Sachen keinerlei Bewegung – das obligate Zeug, das alle Männer in den Taschen haben, Leute. Aber dann sehe ich, wie er nach Luft schnappt, die Augen aufreißt und sein Mund von einem Ohr zum anderen reicht.

Er hat ein weißes Kärtchen in der Hand, eine Visitenkarte, glaube ich. Sie muß in einer meiner Jackentaschen gewesen sein.

»Na also«, sagt er befriedigt und schaut mich an.

Dann steht er auf und baut sich zwanzig Zentimenter vor meiner Nase auf.

»Du bleibst also dabei«, sagt er, »daß du diese Chela Sicchè nicht kennst und auch nicht weißt, daß sie im ›Whisky und Bikini‹ Unterwassertänze vorführt?«

Ich schnupfe auf.

»So ist es«, sage ich.

»Dies«, sagt Tram, »haben wir in der rechten Tasche deiner Jacke gefunden.«

Er hält mir das Kärtchen hin.

Ich schaue es an.

Auf einem weißen Karton steht mit einer Füllfeder geschrieben: »Whisky und Bikini«.

*Die Zellen in der Zentrale sind zwar recht bequem, aber ich muß mich trotzdem aufhängen – bei dieser Hitze habe ich nichts gegen ein kühles Bad – es ist lustig, am Meeresgrund zu tanzen, wenn Fischlein im Bikini um einen herumschwimmen.*

Ich habe den Eindruck, Leute, daß ich einen soliden Schwinger mitten auf die Weste eingesteckt habe!

Und außerdem sind meine Kiefer ineinander verkeilt, ich kann sie weder auf- noch zumachen.

Ich merke nicht einmal, daß Tram die Visitenkarte wieder an sich nimmt, ich merke überhaupt nichts mehr.

Als ich wieder halbwegs zu mir komme, konstatiere ich, daß ich mich ganz woanders befinde.

Ein fensterloser Raum, zwei mal zwei Meter, eine Pritsche und ein eisernes Gitter, durch das man einen ebenfalls ganz aus Eisengittern bestehenden Korridor sehen kann.

Und jenseits des Gitters stehen zwei Greifer und schauen mich an. Ich bin in einer Gefängniszelle und weiß nicht einmal, wie ich hineingekommen bin.

Die nackte Tatsache ist, daß ich's für diesmal geschafft habe. Was mich am meisten beeindruckt: soviel ich mich auch umschaue, keine Hausbar und noch weniger eine Flasche Bourbon. Geduld bringt angeblich Rosen.

Es hat keinen Sinn, daß ich mich weiterhin einen Oberidioten schimpfe. In letzter Zeit habe ich mir schon genug Injurien an den Kopf geworfen, also lege ich mich auf das sogenannte Bett und ruhe aus. Ich schließe die Augen, aber nicht um zu schlafen.

Ich höre meinen grauen Zellen zu, die ihre Ärmel aufkrempeln und sich ans Werk machen.

Ich frage mich, auf welche Weise die Geschäftskarte von »Whisky und Bikini« in meine Tasche gezaubert wurde, denn es gibt keinen Zweifel, daß sie aus meiner rechten Jackentasche aufgetaucht ist.

Die Antwort finde ich sofort.

Es war Ding-Dong, die sie mir hineinpraktiziert hat, als ich neben ihr auf dem Diwan saß.

Und damit erklärt sich auch das »Nach zehn Uhr«, das sie mir zum Abschied hingeworfen hat.

Eine Verabredung für das »Whisky und Bikini« heute abend. Bis dahin ist alles klar.

Aber konnte sie mir das nicht einfach sagen, ganz ohne Hintertürchen?

Nein. Sie steckt mir die Karte in die Tasche, damit ich mit dem Leutnant Tram Zores kriege; daß sie dieser oder auch jener hole!

Wer versteht schon Frauen mit einer Frisur à la cloche?

Jetzt habe ich noch eine Frage in petto.

Ding-Dong macht mit mir ein Rendez-vous aus im »Whisky und Bikini«. Meine Sintflut tanzt im »Whisky und Bikini«. Was für eine Verbindung besteht zwischen diesen beiden Hübschen? Beide frequentieren sie dieses Lokal, und beide haben mit dem an einem Herzinfarkt eingegangenen Dr. Piè etwas zu tun. Die eine läßt mich seine Leiche stehlen, die andere ist Sekretärin bei denen, die ihn suchen.

Irgendeine Verbindung muß also zwischen den beiden Mädchen existieren.

Nicht alle meine grauen Zellen stimmen mir zu.

Einige vermuten, daß sie dieses Lokal rein zufällig gewählt hat. Aber warum hat sie sich überhaupt mit mir verabredet? Weil ich ein Schrank bin und eine so sympathische Visage habe? Diese Vermutung ist nicht so ohne weiteres auszuschließen, deshalb ziehe ich meine Krawatte zurecht und fahre mir mit den Fingern durch meine roten Locken.

Sie könnte auch in diesem Lokal etwas die Nußknacker-geschichte Betreffendes entdeckt haben.

Warum berichtet sie über diese Entdeckung nicht ihren Chefs? Absolut sicher ist, daß einige meiner grauen Zellen entlassungsreif sind. Ich werde entsprechende Maßnahmen ergreifen. Kennt Ding-Dong meine Sintflut?

Weiß sie von der hübschen Geschichte, die mir diese Sint-flut heute morgen aufgetischt hat?

Auf diese Frage finde ich keine Antwort.

Am günstigsten wird sein, ich profitiere von meiner Wald-einsamkeit und werfe ein Auge auf die Geschichte in ihrer Gesamtheit. Nun Kinder, hört zu, was dabei heraus-kommt.

Federico Piè holt den Mikrofilm aus dem Safe in seinem Büro. Wie man von den leitenden Herren der Firma, die auf ihn warten, gehört hat, ruft er an, daß er den Film bei sich hat. Da er sich verspätet, gehen die Herren ihm ent-gegen, finden ihn tot durch Herzinfarkt und keine Spur des Mikrofilms, weder im Safe noch an seiner Person noch im Büro.

Nehmen wir folgende Hypothese an:

Dr. Piè holt den Mikrofilm, schließt den Safe und ruft an. Kaum legt er den Hörer hin, hört er verdächtige Ge-räusche. Es gelingt ihm, den Mikrofilm so zu verstecken, daß keiner außer ihm ihn finden kann. Ein paar Typen, zwei oder drei, vielleicht maskiert, verlangen von ihm, wahrscheinlich mit vorgehaltener Pistole, den Mikro-film.

Dr. Piè erschrickt und fällt tot zu Boden.

Die Typen verlieren eine Menge Zeit mit der Suche nach dem Film, hören aber dann jemanden kommen und hauen ab.

Man informiert sie, und jetzt müßte man wissen, wie und von wem, daß der Mikrofilm irgendwo versteckt ist, und sie nehmen an, daß Piè ihn bei sich hat.

Kann sein, die Geschichte hört sich etwas zu simpel an, aber sagen *Sie* mir, wie man auf andere Weise den Raub der Leiche erklären könnte.

Ich schließe nicht einmal aus, daß sie versucht haben, sie noch vor der Beerdigung aus der Wohnung zu stehlen, aber das ist ihnen wohl nicht gelungen.

So weit, so gut. Sie heuern diese Unterwasserballerina, Beherrscherin ihrer Tränendrüsen, an mit der Auflage, mich weichzukriegen. Dies gelingt ihr auch mit Hilfe von dreihundert Tausendern und ich, Obertrottel, der ich bin, mache mich an die Arbeit. Dann überlegen diese Typen, daß meine Sintflut zu nichts mehr nütze ist und es daher günstiger wäre, sie aus dem Verkehr zu ziehen, deshalb kriegt sie eins über den Schädel und wird ins Wasser geworfen.

Sie warten nicht einmal ab, daß ich den Totenwagen an die ausgemachte Stelle fahre: auch wenn ich's nicht getan hätte, das Mädchen hat ausgedient.

Eine meiner grauen Zellen flüstert mir zu, daß die Typen bequem hätten abwarten können, bis der arme Teufel endlich in seinem Grab lag am Friedhof, um ihn in der nächsten Nacht wieder auszubuddeln.

Könnte sein. Die Tatsache ihrer Beeilung beweist, daß sie fürchteten, die gleiche Idee könnte auch jemand anderem gekommen sein.

Warum nicht den Direktoren der P. A. S. N. K. A. G.?

Die Erfindung muß von enormer Wichtigkeit für sie sein, drum ists besser, das Tempo zu beschleunigen.

Jedenfalls hätte alles nach Maß funktioniert, wenn ich nicht rechtzeitig wach geworden und verduftet wäre.

Und wenn mein Partner Gregorio nicht so intelligent gewesen wäre, der Maid zu folgen und sie aus dem Fluß zu fischen, um im letzten Moment ihren Hals zu retten. Wenn sie noch zu retten ist.

Auch diesmal ist Greg auf der richtigen Spur, während ich hier sitze und Däumchen drehe, ohne jede Möglichkeit, mit ihm in Kontakt zu kommen.

Und nun denken der Präsident und seine Mitarbeiter, der Dr. Piè habe sie reingelegt, indem er sich tot stellte und jetzt mitsamt dem Mikrofilm dem kommunistischen China entgegeneilt.

Ich muß lachen, wenn ich daran denke, wie ich ausgesehen haben muß, daß man mich bei meiner Auferstehung für einen anderen gehalten hat.

Klar, die Leute dort waren derart von den Socken, daß sie den Unterschied nicht gemerkt hätten, wenn statt mir eine Giraffe herausgestiegen wäre, da gehe ich jede Wette ein.

Die Armbanduhr haben sie mir gelassen.

Es ist genau zehn Uhr.

Und Ding-Dong wartet auf mich im »Whisky und Bikini«. Sie wird eine ganze Weile warten müssen, weil dieses Etablissement hier keinen Notausgang hat.

In der Ecke befindet sich ein Waschbecken mit einem riesengroßen Rohr. Ich bin leider nicht mager genug, hineinzuschlüpfen, um am anderen Ende ins Freie zu gelangen.

Ich könnte den Hahn aufdrehen und das Wasser so lange laufen lassen, bis die ganze Zentrale schwimmt. Irgend jemand würde sich dann wohl in Bewegung setzen.

Ich stehe auf und drehe den Hahn.

Erst kommt ein Tropfen heraus, dann ein Bläschen, das fast sofort zerplatzt. Dann beginnt das Rohr zu stöhnen wie einer, der Bauchweh hat.

»He ihr Plattfüßler«, sage ich, »gibt's hier kein Wasser?«

Die Polizisten im Gang schauen zu mir her.

»Morgen früh um sechs«, sagt einer. »Wenn du Durst hast, mußt du halt deinen Speichel hinunterschlucken.«

Ich lege mich wieder auf mein Lotterbett.


Ich muß eingeschlafen sein, denn plötzlich fahre ich in die Höhe.

Ich schaue auf die Uhr.

Verdammt, elf Uhr durch.

Ich schaue durch das Gitter, die Greifer sind nicht mehr die gleichen wie vorher.

Ich erkenne es an den Profilen, weil sie mit dem Rücken zu mir am äußersten Ende des Gitters hocken.

Wenn mich nicht alles täuscht, sind sie eingeduselt, weil ihre Köpfe hin und her wackeln.

Ich bin nun hellwach, und auch meine grauen Zellen sind munter, denn sie suggerieren mir eine Idee.

Ich brauche einen Strick und finde auch einen.

Die Pritsche hat einen Metallrahmen, in den mit einem um die äußeren Metallrohre gewickelten Strick ein Stück Drell gespannt ist. Ich setzte mich auf den Rahmen und wickle den Strick ab, der lang genug ist für das, was ich vorhabe.

Ohne das leiseste Geräusch werkle ich und horche dabei auf die beiden Plattfüßler, die mich bewachen.

Ich knüpfe den Strick unter den Achseln rund um meine Brust, dann ziehe ich das eine Ende unter der Jacke hinten beim Kragen heraus.

Ich steige auf den Bettrahmen und mit einiger Anstrengung gelingt es mir, den Strick hinter dem Wasserrohr durchzuziehen. Das Rohr bildet dort eine Ecke und läuft dann die Mauer entlang.

Als der Strick durch ist, ziehe ich fest an, so daß ich hänge, die Füße ungefähr einen Meter über dem Boden.

Haben Sie mitgekriegt, wie die Sache funktioniert? Ich schwebe an einem Strick unter den Achseln, der hinten aus meinem Jackenkragen herauskommt und am Wasserrohr befestigt ist.

Das Strickende halte ich mit den Händen hinter meinem Rücken, derart, daß ich in einem Augenblick frei bin, wenn ich den Strick loslasse.

Als ich in der richtigen Lage hänge, beuge ich den Kopf nach einer Seite und hake mein Kinn in den Strick, der aus meinem Kragen kommt, daß es auf den ersten Anhieb ausschaut, als hätte ich ihn um den Hals.

Jetzt, da ich meine perfekte »Gehenkten-Imitationsnummer« ausgebaut habe, muß ich lachen, aber ich beherrsche mich, sonst wäre der ganze Effekt beim Teufel.

Drum reiße ich die Augen auf und verdrehe sie gen Himmel, strecke die Zunge heraus, so weit ich kann und entlocke meiner Kehle ein abscheuliches Geräusch.

Einer der Greifer dreht sich um, springt dann auf.

»He, Paolo Gilbert Antonio«, schreit er, »schau dir den da an!«

Dann wirft er sich auf das Schloß, das er mit zwei Umdrehungen offen hat, reißt das Gitter auf und rast zu mir her.

Genau im richtigen Moment hebe ich das rechte Bein und treffe ihn mit der Schuhspitze genau aufs Kinn.

Er fällt über den anderen Greifer, der daherwetzt und geht an der gegenüberliegenden Zellenmauer zu Boden.

Nun hebe ich beide Beine und presse den Kopf des anderen zwischen meine Knie, dann lasse ich den Strick los.

In zehn Sekunden binde ich sie Kopf bei Fuß zusammen und stecke vorsichtshalber noch den Fuß des einen in das Maul des anderen, damit sie für eine Weile still sind. Ich gehe hinaus, schließe die Zellentür ab und gehe los.

Hinter der Korridorecke steht die Torwache.

Ich ziehe ihm seine Kappe bis unter das Kinn und hänge ihn an den Kleiderständer.

Nun sperre ich das letzte Tor auf und bin im Hof.

Ich überklettere die Außenmauer und springe auf die Straße. Ich renne rund um den Häuserblock, finde meinen Blimbust am Straßenrand, am gleichen Platz, wo ich ihn beim Kommen geparkt hatte.

Ich setze mich ans Steuer, drücke den geheimen Notknopf, der den Motor in Gang setzt, wenn ich keinen Zündschlüssel habe. Ich bin frei.


Es ist noch nicht Mitternacht, als ich vor dem »Whisky und Bikini« parke.

Das muß die Stoßzeit sein für dieses Lokal. Wenigstens hundert Luxusschlitten machen sich auf dem mit Kies bestreuten Parkplatz breit.

Ich finde noch einen Platz in einer wenig beleuchteten Zone ganz am Ende des Parkplatzes, und gehe dann zu Fuß zwischen zwei Wagenreihen zurück.

»Nagaika«. Kein Zweifel.

Das Parfüm kommt aus einer kleinen, blauen Straßenwanze. Was besagt, daß Ding-Dong noch hier ist.

Schnell eile ich dem Nightclub zu.

Es handelt sich um ein großes, von einer immergrünen Hecke eingefriedetes Grundstück.

Jenseits der Hecke ein modernes Gebäude mit Terrassen, bunten Markisen und über dem Eingang in großer, blauleuchtender Neonschrift, die von zwei rosaroten Bikinimädchen flankiert wird, steht:

### »Whisky und Bikini«

Der Teil hinter dem Haus ist ebenfalls beleuchtet, und ich stelle mir vor, daß sich dort der Swimmingpool befindet. Ich richte meine Krawatte und fahre mit der Hand über meine Haare, daß man mir wenigstens nicht gleich den entflohenen Sträfling ansieht.

Dann trete ich ein.

Erst kommt man in einen großen Raum, in dessen Mitte eine mit einem Geländer versehene, hölzerne Treppe nach unten führt. Links ist die Bar und rundherum blumengeschmückte, niedere Balustraden, die als Trennung dienen zwischen ungefähr zwanzig kleinen Tischen.

In dem herrschenden Halbdunkel sehe ich, daß höchstens zehn von ihnen besetzt sind, so habe ich einen guten Überblick.

Hier ist Ding-Dong nicht.

Ich nähere mich dem einzigen, wirklich attraktiven Fleck in diesem Raum, der Bar.

»Einen doppelten Bourbon«, sage ich.

Als der Mann sich mir zuwendet, sehe ich, daß er ein gebrochenes Nasenbein hat. Seine Nasenflügel reichen bis zu den Schnurrbartspitzen.

Ich erkenne ihn sofort wieder.

Es ist Buster. Vor ein paar dutzend Jährchen haben wir zusammen in einem Ring im Zentrum geboxt.

Eines Tages habe ich ihm einen Uppercut versetzt, daß er über die Seile bis hinter die Bartheke geflogen ist.

Und dort ist er geblieben, hinter irgendeiner Bartheke, und jedesmal, wenn er mich sieht, bedankt er sich für den Gefallen, den ich ihm getan habe.

»Salve, Buster«, sage ich.

Auch er erkennt mich sofort.

Als er mich sieht, berührt er seine Nase mit der Daumenspitze, die klassische Boxergeste, die ihm als nervöser Tick geblieben ist.

»Salve Pipa«, sagt er, »ich freue mich, dich zu sehen.«

»Dich habe ich am wenigsten hier erwartet«, sage ich.

»Ich arbeite hier, seit Ciondolo Doro dieses Lokal eröffnet

hat«, sagt er, »und es gefällt mir recht gut hier. Ciondolo ist ein großartiger Chef.«

Er nimmt die Flasche und gießt mir einen Dreistöckigen ein.

»Was ist eigentlich los?« fragt er. »Seit heute früh herrscht hier herum dicke Luft, und jetzt kommst du auch noch daher, um den Wirbel zu vervollständigen.«

»Dicke Luft?« frage ich.

»Polente. Seit heute morgen treiben sie sich hier herum und stellen Fragen. Der letzte Plattfüßler ist vor ungefähr einer knappen Stunde weg.«

»Was wollten sie denn wissen?«

»Na ja, einen Haufen Zeug.«

»Über eine gewisse Chela Sicchè?« frage ich.

»Du umschwirrst also den gleichen Marmeladentopf«, sagt er. »Hübsches Ding, aber ich glaube nicht, daß irgendwer viel über sie weiß. Außer ihrem Mann natürlich, denke ich mir wenigstens. Was hat sie denn angestellt?«

»Haben sie das nicht gesagt?«

»Denkste! Die fragen und fragen, aber eine Antwort geben sie nie.«

Ich trinke meinen Bourbon und stelle das Glas auf die Theke.

»Noch einen!« sagt Buster und nimmt die Flasche.

»Zwangsläufig«, sage ich. »Leere Gläser gehen mir auf die Nerven.«

»Und ihr Mann?« frage ich.

»Ihr Mann was?«

»Was macht ihr Mann?«

»Er ist der Chauffeur von Ciondolo Doro«, sagt er. »Sie hat ihm den Posten verschafft. Vor einiger Zeit war er in Erholungsurlaub auf Staatskosten und nach einem solchen Urlaub ist's schwer, einen Posten zu finden, wenn man keine guten Empfehlungen hat.«

»Er ist also ein Ganove?« sage ich.

»Alter Käse«, sagt er. »Er scheint schon seit längerer Zeit zur Vernunft gekommen zu sein. Früher war er Zirkusclown. Jetzt hat er sich hier eine Comic-Nummer zusammengestellt, die er jeden Abend im Bassin vorführt. Dadurch verdient er sich ein Extrahonorar.«

Er fängt zu lachen an.

»Er ist aber auch irrsinnig komisch«, kichert er.

»Hat ihn die Polizei vernommen?«

»Und wie«, sagt Buster. »Ich war einer seiner Zeugen. Sie wollten wissen, wo er heute nacht war. Nach seiner Nummer war er hier bei mir und hat auf Ciondolo Doro gewartet, um ihn wie jede Nacht nach Geschäftsschluß nach Hause in die Stadt zu fahren. Er hat ihn um vier Uhr früh heimgefahren und war nach einer Stunde wieder zurück. Ich schlafe in einem Zimmer im Garagentrakt, wo auch er mit seiner Frau wohnt. Es war ungefähr fünf Uhr, als er zu mir gekommen ist und gefragt hat, ob ich seine Frau gesehen habe oder wüßte, wo sie war. Ich habe sie nicht gesehen.«

»Hat sie irgendeine Freundin oder einen Freund hier herum?« frage ich.

»Ihre Kolleginnen aus dem Schwimmbad. Die haben sie alle vernommen. Aber ich glaube nicht, daß sie irgend etwas Nützliches aus ihnen herausgequetscht haben. Lauter oberflächliche Bekanntschaften. Durch die gemeinsame Arbeit, meine ich. Ich jedenfalls habe nie ein besonderes Interesse bemerkt.«

Er stupst sich zweimal mit der Daumenspitze an die Nase.

»Und Männerfreundschaften, keine?« sage ich.

»Glaube ich nicht. Die zwei haben sich wirklich gern«, sagt er. »Aber bei deiner Fragerei ist mir der Hals trocken geworden.«

»Meiner auch«, sage ich.

Er schenkt mir noch einen doppelten Bourbon ein.

»Heute abend ist sie nicht gekommen«, sagt er. »Vielleicht hat sie eine krumme Tour gedreht und ist aus Angst vor der Polizei nicht gekommen?«

»Kann schon sein«, sage ich. »Und ihr Mann?«

»Der ist da«, sagt er. »Ich habe ihn gesehen. Jetzt wird wohl bald seine Unterwassernummer dran sein.«

Er schaut aus dem kleinen Fenster zu seiner Rechten und winkt jemandem zu.

»Das ist unser Parkwächter«, sagt er, »da kommt er gerade.«

Zur Tür hinter der Theke herein kommt ein großer, magerer Mensch.

Er ist ganz verschwitzt und zieht eine rote Jacke mit blauen Knöpfen an. »Diese Affen«, japst er.

Mehr sagt er nicht, weil er erst zu Atem kommen muß. Dann redet er weiter.

»Vor ein paar Stunden haben sie mich durch den Wolf gedreht«, sagt er, »und ich habe keine Fahrgelegenheit hier heraus gefunden. Ich kann doch nicht sagen, was ich nicht weiß, nicht? Heiliger Hugo! Und dann stellen sie fünfhundert Mal dieselben Fragen. Dabei haben sie mich hier schon ausgefragt, hat das nicht gereicht? Wer weiß, warum. Weißt du auch nichts?«

»Gar nichts«, sagt Buster.

»Jetzt muß ich laufen«, sagt der Parkwächter.

Er setzt sich eine Kappe mit Schild auf und verschwindet.

»Gestern abend«, sagt Buster, »hat er Chela herauskommen sehen. Sie ist in einen Wagen gestiegen mit einem Mann am Volant. In der Dunkelheit hat er nicht unterscheiden können, wer es war, aber du weißt ja, wie Polizisten sind, sie wollten wissen, was er für eine Nase hatte, ob ein Muttermal oder die Augenbrauen weiter oben oder weiter unten. Lauter Dinge, die man im Finstern nicht sehen kann. Die stellen vielleicht Ansprüche!«

»Und sonst hat er nichts gesehen?« frage ich.

»Er hat gesehen, wie der Wagen weggefahren ist und daß ein Hund hinterdrein rannte. Das ist alles.«

Ich trinke einen Schluck Bourbon.

»Und wenn du jetzt auch noch anfängst, die gleichen Fragen zu stellen, nehmen wir besser alles auf Band auf.«

»Ich stelle dir nur eine, die noch keinem eingefallen zu sein scheint«, sage ich.

»Na denn los.«

»Kennst du eine gewisse Odissea Caustica?«

Er tippt wie gehabt an seine Nase.

»Nie gehört«, sagt er.

»Sie parfümiert sich mit ›Nagaika‹, und ihre Haare sind in Glockenform geschnitten.«

»Nie gesehen«, sagt er. »Kann sein, daß sie hier Gast ist, aber an meiner Bar habe ich sie noch nie gesehen. Warum schaust du dich nicht da unten um?«

»Mach ich«, sage ich.

Auf einmal fällt mir ein, daß ich nicht eine Lira in der Tasche habe.

»Verdammt!« sage ich. »Ich kann ja meinen Bourbon gar nicht bezahlen, und Zigaretten habe ich auch keine.«

»Geht alles auf Spesen des Hauses«, sagt Buster und wirft eine Zigarettenpackung auf die Theke.

»Ich komme bald vorbei und zahle meine Schulden«, sage ich.

»Laß dir das ja nicht einfallen«, sagt Buster.

Ich klopfe ihm auf den Arm und gehe.

Ich steige die Treppe hinunter, wo es durch einen ganz in blauem Samt ausgeschlagenen Salon zum Ballsaal geht. Mindestens zwei Minuten brauche ich, um mich zu orientieren, wo ich mich befinde und was da vorgeht.

Daß ich in einem Ballsaal bin, weiß ich, denn ich höre Musik und sehe eine Menge Menschen, die auf der Tanz-fläche ihre Runden drehen.

Stellen Sie sich vor, einer rührt mit dem Kochlöffel ganz langsam einen Topf mit Bohnen um, dann haben Sie den richtigen Begriff.

Im Saal sind alle Lichter abgedreht, aber es ist trotzdem nicht dunkel.

Schatten bewegen sich langsam in einem vagen, azurnen Schein. Dieser Schein kommt durch die rechte Wandfläche. Eine Wand, ganz aus Glas, die von der Decke bis zum Boden reicht. Jenseits dieser Glaswand befindet sich das Bassin, dessen Grund mit Sand, Felsbrocken, Algen, Koral-len und all dem Zeug bedeckt ist, das man gewöhnlich am Meeresgrund findet.

Drei wundervoll gewachsene Mädchen im Mini-Bikini schwimmen mit lässigen, wohleinstudierten Bewegungen auf und ab.

Die Wand gegenüber besteht aus einem Spiegel, der die Schwimmszene über den Ballsaal hinaus reflektiert.

Teufel, Teufel, Kinder! Man hat tatsächlich die Illusion, in einem Lokal auf dem Meeresgrund zu sein. Mit wunder-schönen Mädchen, die einem auf dem Kopf herumschwim-men.

Der Effekt ist außerordentlich. Man könnte es suggestiv nennen, wenn ich richtig informiert bin.

Ich stehe bewegungslos da und schaue. Ich glaube, ich habe sogar das Atmen vergessen.

Das Licht wechselt. Von Blau zu Lila, und die Mädchen spielen in den verschiedensten Farben, je nach ihren Be-wegungen und dem Lichteinfall.

Von Lila wird das Licht feuerrot, dann wieder lila und blau. Die Musik hört zu spielen auf, und die Leute setzen sich an ihre Tische um die Tanzfläche.

Als die Mädchen aus dem Wasser steigen, nimmt das Licht nach und nach seine Normalfarbe an.

Nun sehe ich eine Wolke von Bläschen im Wasser und aus ihr hervor schält sich ein Clown.

Er hat eine Sauerstoffmaske im Gesicht und die dazugehörige Gasflasche auf den Rücken geschnallt und sitzt auf einem Fahrrad.

Er fährt auf den Grund hinunter, kommt dann heftig strampelnd wieder hoch, dreht Runden im Wasser, schlägt, immer strampelnd, einen Salto, fällt vom Rad, steigt wieder auf, und alle wiehern vor Vergnügen.

Mir fällt ein, daß ich wieder einmal Luft holen muß, und ich setze mich dann in Bewegung.

Quer über die Tanzfläche und lasse dabei mein Riechorgan arbeiten.

Eine ganze Menge Gerüche erreichen mich, mit Schweiß gemischt oder mit Whisky, aber kein noch so leiser Hauch von »Nagaika«.

Auf der anderen Seite des Raumes gibt es einen zweiten Ein- oder Ausgang, wie Sie es lieber haben, und der muß zum Swimmingpool im Freien führen.

Ich steige die Treppe hinauf und komme in einen großen Garten. Der gut gepflegte englische Rasen scheint ein enormer Teppich, der sich zwischen Bäumen ausbreitet, die erst weit auseinander stehen, sich aber dann nach und nach zu einem Wald verdichten.

Ein paar Meter vom Haus entfernt leuchtet das große Viereck des Bassins.

Da und dort verteilt zwischen den Bäumen Tischchen, Metallsessel, Liegestühle mit bunten Kissen.

Um das Bassin sind ein paar Mädchen und Jungen in Badeanzügen gruppiert und unter den Bäumen, die mit unsichtbaren Lämpchen beleuchtet sind, haben sich einige Pärchen in Liegestühlen niedergelassen.

Hier draußen erschnüffelt meine Nase endlich einen schwachen Parfümgeruch.

Ich irre mich nicht: »Nagaika«.

Ich folge der Spur.

Wenn mein Partner mich sehen könnte, würde ihn der Konkurrenzneid packen: grundlos, denn er hat eine eingebaute Radarstation, ich nicht.

Trotz dieses Mangels irre ich mich nicht: Das Parfüm führt mich zu einem Liegestuhl aus rotem Plastikmaterial unter einer Baumgruppe.

Ich erkenne sie sofort an der Glockenfrisur.

Aber von der Glocke abwärts ist alles ganz anders, als ich es in Erinnerung habe.

Sie ist aus ihrer Schale geschlüpft, Kinder, bis auf zwei winzige Fetzchen in Gelb und das Innere dieser Perle ist auf dieser roten Liege zur Schau gestellt.

Ich bleibe stehen und schaue sie an. Gewisse besondere Kennzeichen muß ich mir genau einprägen, und das dauert eine Weile, wenn ich sie im Gedächtnis behalten will.

Das Licht im Bassin erlischt, und sie steht auf, trägt ihren Mini-Bikini über den Rasen, setzt sich auf den Bassinrand und gleitet dann langsam ins Wasser.

Klar, daß sie sich nicht ihre Frisur ruinieren will.

Die Nacht ist warm.

Der Schweiß klebt mein Hemd an den Rücken, und die Idee eines erfrischenden Bades erscheint mir nicht abwegig.

Ich blicke mich um und entdecke hinter einer kleinen Bar im Freien eine lange Reihe Kabinen.

Ich laufe hin.

Die Badefrau wirft mir eine Badehose zu und läßt mich in eine der leeren Kabinen.

Kaum habe ich angefangen, mich auszuziehen, bin ich

auch schon in die Badehose geschlüpft, renne über die Wiese und springe kopfüber ins Wasser.

Die Schau hat sich geändert, Leute, als ich unter Wasser die Augen aufmache.

Das Bassin ist nun im Schatten, und ich sehe durch die gläserne Wand den Tanzsaal des Klubs und die sich drehenden Paare. Ich habe den Eindruck, mitten im Ballsaal auf den Köpfen der Tanzenden zu schwimmen.

Ich tauche wieder auf, und als ich den Kopf über Wasser habe, sehe ich die schwimmende Glocke.

Mit zwei Kraulstößen bin ich neben ihr.

Ding-Dong wendet mir den Rücken zu. Ich lege ihr die Hände auf die Schultern und drücke sie hinunter, bis sie unter Wasser verschwunden ist.

Dann lasse ich sie los, und sie schnellt wieder nach oben, wie der Teufel aus der Schachtel.

Sie dreht sich zu mir herum und prustet wie ein Nilpferd, wenigstens glaube ich, daß Nilpferde so tun.

»Idiot, Blödian«, japst sie mir atemringend zu.

Ihre Glockenfrisur ist im Eimer, als Ersatz hat sie eine Portion Spaghetti mit Tintenfischsauce auf dem Kopf.

»Auch mit dieser Frisur sind Sie wunderschön«, sage ich galant.

Sie versengt mit einem Blick alle meine Bartstoppeln, schwingt sich auf den Bassinrand, steigt aus dem Wasser und läuft zu ihrem Liegestuhl.

Ich genieße noch eine Weile das erfrischende Bad.

Ich tauche bis auf den Grund und stelle fest, daß sich die Tanzfläche fast ganz geleert hat.

Dagegen haben sich die Badenden im Bassin vervielfacht, so daß ich mir zwischen Armen und Beinen den Weg zur Oberfläche erkämpfen muß.

Ich steige aus dem Wasser und schlendere dann über den Rasen. Ich sehe, daß Ding-Dong eben fertig ist mit Abtrocknen und ihr blaues Badetuch verärgert auf den Rasen wirft.

Ihre ganzen Haare hat sie in die Höhe gekämmt und bindet sich eben ein gelbes Tüchlein um die ruinierte Pracht.

Dann legt sie sich wieder in den roten Liegestuhl und zündet eine Zigarette an.

Ich setze mich neben sie.

Sie hat immer noch dieses ungute Geschau.

»Das war ein recht dummer Scherz und so was mag ich gar nicht«, sagt sie.

»Machen Sie sich keine Sorgen um Ihre Glocke«, sage ich, »morgen kann ich Ihnen eine andere kaufen.«

Ich nehme eine ihrer Zigaretten und zünde sie an.

»Sie haben mich hierher bestellt«, sage ich, »warum?«

Sie gibt keine Antwort. Ich kann ja verstehen, daß sie sauer ist, weil ich das Meisterwerk ihres Coiffeurs ruiniert habe.

»Sie müssen schon entschuldigen«, sage ich, »gewisse Impulse kann ich nie im richtigen Moment stoppen, sie überrennen mich einfach.«

Ich genehmige ihr ein paar Minuten, um ihre Wut hinunterzuschlucken.

Ich breite das blaue Badetuch auf dem Rasen aus und lege mich bäuchlings darauf, stemme die Ellbogen in den Rasen und stütze meinen Kopf auf die Fäuste.

Ihren Bauch habe ich genau zweiunddreißig Zentimeter vor meiner Nasenspitze, und um ihr Gesicht zu sehen, muß ich nach links blicken.

Ich blicke ihr aber nicht ins Gesicht.

Ich halte die Zigarette zwischen den Lippen und blase den Rauch zu ihrem Bikini hin.

»Sie sind zu spät gekommen«, sagt Ding-Dong, »ich muß jetzt gehen. Ich bin ein berufstätiges Mädchen und muß morgen früh im Büro sein.«

»Kommen Sie oft hierher?« frage ich.

»Wenn es heiß ist, gefällt es mir hier«, sagt sie, »aber ich bleibe nie so lange.«

»Kennen Sie Chela Sicchè?«

»Sicher kenne ich sie«, sagt sie. »Ich kenne alle vier Mädchen vom Swimmingpool. Warum fragen Sie nach ihr?«

»Wissen Sie, warum sie heute abend nicht gekommen ist?«

»Nein«, sagt sie, »wissen *Sie* es?«

Ich merke, daß ihre Stimme jeden Ausdruck verloren hat; so, wie wenn jemand viel plaudert, nur um zu reden, und dabei an etwas ganz anderes denkt.

Ich komme aber nicht dazu, über das Warum nachzudenken. Genau unterhalb des Nackens preßt eine Zange mit aller Kraft meinen Hals zusammen.

Dieser unerwartete Schmerz lähmt jede Bewegung.

Dann drückt man mir ein mit Chloroform getränktes Taschentuch auf Mund und Nase.

Meine Augen sind starr auf Ding-Dongs Bauch gerichtet, und das ist das letzte, was ich zu sehen kriege, Leute!

Ich höre kein Lachen, sehen kann ich aber noch, bevor sich meine Äuglein für längere Zeit schließen. Er zittert, hüpft auf und ab, schüttelt sich. Das ist ein lachender Bauch.

Kein Zweifel, Kinder, ein Bauch, der lacht. Verdammt noch mal, und wie er lacht, dieser kleine Bauch!

Und ich entschlummere.


## 6. KAPITEL

*Am Meeresgrund befindet sich auch eine Garage und die dazugehörende Reparaturgrube ist als Grab zweckentfremdet – ich rate Ihnen ab, zuviel Wasser zu schlucken, Bourbon ist auf jeden Fall sehr viel besser – jemand zieht einen Handschuh an.*

Ich schlucke die letzte von zwei Dutzend faulen Austern, dann werde ich wach.

Mein Magen protestiert und schickt mir den widerlichen Geschmack in die Kehle zurück, aber ich kann nichts dagegen tun.

Ich glaube, sie haben mir mit einer Stahlzange das Genick gebrochen, weil ich meinen Kopf nur mühsam bewegen kann.

Aber es geht doch, langsam, ganz langsam. Ich nicke einmal ja, einmal nein, bis ich sicher bin, daß nichts gebrochen ist, und gewöhne mich dabei an den Schmerz.

Ich fühle, daß meine Hände und Füße mit Stricken gefesselt sind und gestatte mir ein Grinsen. Das System, mich so zu fesseln, daß ich mich nicht in höchstens zwei Minuten befreit habe, ist noch nicht erfunden.

Und diesmal dauert es gar keine zwei Minuten, bis ich Hände und Füße frei habe.

Um mich herrscht vollkommenes Dunkel, und für einen Moment habe ich den Verdacht, wieder in einen Sarg eingeschlossen zu sein und bereits in einem Grab unseres Friedhofes zu liegen. Mir wird jedoch sofort klar, daß das nicht stimmen kann.

Rund um mich ist leerer Raum, und ich rieche Motorenöl und Benzin.

Wahrscheinlich befinde ich mich in einer Garage, aber noch bin ich nicht sicher.

Ich ertaste mit den Händen einen mit Öl verschmierten Plattenboden und finde einen Schraubenschlüssel und eine kaputte Zündkerze.

Dann kommt mir ein Kabel in die Hand, das ich an mich ziehe. An seinem Ende befindet sich eine Glühbirne, die von einem Drahtkorb geschützt ist. So eine, wie sie die Automechaniker benützen, um unter den Motor zu schauen, wenn Sie wissen, was ich meine.

Oft machen sich die Mechaniker gar nicht die Mühe, den Stecker aus der Dose zu ziehen, sondern lockern nur das Gewinde, bis die Birne ausgeht.

Ich versuche sie einzuschrauben. Sie brennt.

Fein.

Bis auf die nasse Badehose bin ich immer noch nackt. Viel Zeit kann also nicht vergangen sein, seit ich dem vor Lachen auf und ab hüpfenden kleinen Bauch gern ein paar Ohrfeigen versetzt hätte. Wahrscheinlich nicht einmal eine halbe Stunde. Für mich braucht es schon ein heroischeres Schlafmittel als Chloroform, um mich für längere Zeit aus dem Verkehr zu ziehen, Leute!

Diese Idiotin hat mich in eine Falle gelockt, und das wird sie mir bezahlen.

Jetzt bin ich ganz sicher, daß es eine Falle war.

Ich schaue mich um.

Ich befinde mich in einer dieser Gruben, die man benützt, um die Eingeweide der Autos von unten zu reparieren.

Vor mir befindet sich eine steinerne Treppe, von oben ist die Grube mit einem hölzernen Brett zugedeckt. Ich drehe mich um. Ein Sack liegt am Boden. Ein langer, mit einem Strick zugebundener Sack.

Ich befühle das Ende in meiner Reichweite.

Kein Zweifel: da steckt einer drin mit Schuhen an den Füßen. Das kann nur der Dr. Piè sein.

Der mir den Platz abgetreten hat auf seiner letzten Reise, um ganz klar zu sein!

Teufel, Teufel!

Ich atme zwei-, dreimal tief durch.

Sie werden ihn hier versteckt haben in Erwartung der günstigen Gelegenheit, ihn abzutransportieren.

Da ist keine Zeit zu verlieren.

Ich steige die Treppe hinauf, lösche die Lampe und hebe das Brett auf, das die Grube bedeckt.

Auch draußen ist es stockfinster.

Ich hebe den Deckel nur so weit, daß ich herausschlüpfen kann, und als ich draußen bin, mache ich wieder Licht.

Tatsächlich eine Garage.

Genau über der Grube steht ein enormer Wagen, er funkelt und glänzt wie eben aus der Fabrik geliefert.

Eine sechssitzige Limousine, eine, bei deren Vorbeifahrt die Leute mit offenem Maul stehen bleiben.

Ein Fenster ist offen, so kann ich das Handschuhfach aufklappen. Ich nehme die Wagenpapiere heraus und schaue sie mir an.

Sie sind auf Signor Ciondolo Doro ausgestellt; auch seine Stadtadresse ist vermerkt.

Ich lege die Papiere auf ihren Platz zurück und gehe um den Wagen herum.

Als ich den Gepäckraum öffne, entfährt mir ein Pfiff.

Er hat die Ausmaße eines normalen Wohnzimmers, und da kommt mir eine Idee.

Ich steige in die Grube hinunter, nehme den Sack und ziehe ihn herauf. Ich stecke ihn in den Gepäckraum und schließe ihn wieder. Dann mache ich Ordnung und lege auch das Brett wieder über die Grubenöffnung.

Die Garagenausfahrt ist mit einem eisernen Scherengitter geschlossen.

Besser, ich verschwinde nicht durch das Gitter, das Aufheben macht zu viel Lärm.

Im Inneren finde ich eine kleine Tür. Sie ist offen. Ich drehe die Lampe aus und lege sie auf den Boden, gehe weiter und komme in ein Lager von Autoreifen und sonstigem Zubehör. Ich finde noch eine Tür, die in einen Korridor mündet.

Wieder Türen. Eine von ihnen ist zugesperrt, ich denke, sie wird wohl zu den Räumen des Wächters und des Chauffeurs führen.

Ich versuche gar nicht, sie zu öffnen. Ich bin ja immer noch in der Badehose und habe nicht einmal einen Zahnstocher bei mir.

Dagegen ist die Tür im Hintergrund offen. Ich komme in eine große Anrichte und gehe dann eine Treppe hinunter. Ich bin in einer Art Labyrinth und weiß nicht, wohin ich mich wenden soll.

Ich taste mich weiter bis zu einem Raum unter der Treppe, steige noch ein paar Stufen hinunter und bemerke einen Lichtstreifen unter einem Vorhang.

Jetzt höre ich das Orchester einen langsamen Rhythmus spielen.

Hinter dem Vorhang befindet sich also der Ballsaal.

Ich betrete den Nachtclub. Jenseits der Glaswand sind die Lichter gelöscht und das Bassin ist dunkel. Der Saal ist nur von einem ganz schwachen, rosa Licht überflutet.

Auf der Tanzfläche sind noch zwei Paare, die anscheinend tanzen, aber ich bin mir dessen nicht sicher.

Ein Kellner in weißer Jacke kommt mir im Eilschritt entgegen.

»Signore«, sagt er, »hier können Sie nicht in der Badehose herein!«

»Ja wie dumm«, sage ich, »ich gehe mich gleich umziehen.«

Ich gehe quer über die Tanzfläche, aber in der Mitte bleibe ich stehen.

Ich sehe etwas, Leute.

Ich sehe sich etwas bewegen hinter der Glaswand, im Wasser des Bassins.

Deutliche Formen, einen Bauch, den ich gut kenne, einen Körper mit den besonderen Kennzeichen, die ich auswendig gelernt habe. Ding-Dong mit verzerrtem Gesicht, aufgerissenen Augen, einem Mund, der um Luft ringend sich verzweifelt öffnet und schließt. Arme, die um sich schlagen im nutzlosen Versuch, hinauf an die Luft zu kommen.

Zwei robuste Hände halten ihre Füße, Leute.

Jemand, den ich am Grund des Bassins, im tintenschwarzen Wasser, eingehüllt in eine Wolke von Luftbläschen, nicht erkennen kann. Jemand mit einem Atmungsgerät, ganz sicher.

Mir stockt ein Schrei in der Kehle. Nur noch wenige Sekunden, und die da drin ist hinüber.

Sie muß den Magen und auch die Lungen schon voller Wasser haben, und da ist auch nicht mehr eine hundertstel Sekunde zu verlieren.

Auch wenn ich Olympiachampion von ich-weiß-nicht-was wäre, käme ich zu spät, erst die Treppe hinaufzusteigen, quer über die Wiese mich ins Wasser zu stürzen, um sie herauszufischen.

Da gibt es nur eine Möglichkeit.

Und sicher bin ich nicht, ob sie gelingt.

Ich packe eine große Stehlampe mit einem schweren, gußeisernen Fuß.

Mit beiden Händen packe ich sie, drehe mich um mich selbst und werfe sie mit meiner ganzen Kraft gegen die Glaswand.

Es hört sich an wie ein Kanonenschuß.

In einer zehntel Sekunde wird die ganze Wand milchweiß, dann bricht der Damm und eine Wasserlawine ergießt sich in den Raum.

Zusammen mit Tischen, Stühlen, Musikinstrumenten und Musikern werde ich an die Decke geschleudert.

Auch der riesige Spiegel an der Wand gegenüber fällt herunter, und auf der Suche nach Ding-Dong kämpfe ich mich durch die brodelnden Wassermassen.

Blind greife ich nach einem Cello, lasse es wieder los; ich zapple herum, bis meine Finger einen Haarschopf zu fassen kriegen.

Ich ziehe ihn an mich. Es ist Ding-Dong. Ich hebe ihren Kopf aus dem Wasser, wenn ich auch merke, daß sie nicht mehr atmet.

Die Wassermassen haben sich beruhigt.

Ich sehe die zwei Paare immer noch umschlungen mitten auf der Tanzfläche weitertanzen, bis zur Brust im Wasser.

Wahrscheinlich haben sie gar nichts bemerkt.

Dann sehe ich einen Menschen in Badehose, der die zum Garten führende Treppe hinaufrennt.

Ich habe keine Zeit, hinter ihm herzurennen.

Mit Ding-Dong auf den Armen erreiche ich die innere Treppe.

Ich muß mir Platz schaffen unter all den Menschen, die herunterkommen, um zu sehen, was eigentlich passiert ist.

Ich erreiche die große Eingangshalle, wo sich die Bar befindet.

Dort lasse ich Ding-Dong auf den Boden gleiten und rufe Buster.

»Laß schnell einen Arzt kommen«, sage ich.

»Heiliger Bimbam, Pipa, was ist denn passiert?« fragt er und läuft zur Treppe.

Ich packe ihn bei einem Arm und schiebe ihn hinter die Theke. »Tu, was ich dir gesagt habe«, sage ich, »hernach kannst du dich ins Vergnügen stürzen.«

Seine Antwort höre ich gar nicht mehr.

Ich fange an, das Wasser aus dem Mädchen herauszupumpen, sie hat unglaubliche Mengen im Magen, Leute!

Armes Ding! Wenn's wenigstens Bourbon wäre!

Als kein Wasser mehr kommt, versuche ich es mit künstlicher Atmung.

Bei dieser Arbeit frage ich mich, wer der Mensch war, der ihre Füße gehalten hat. Eine Frage, auf die ich keine Antwort finde und auch das Warum kann ich mir nicht erklären.

Sie läßt mich in eine Falle taumeln. Klar, daß sie es war, denn sonst könnte man sich das Benehmen ihres Bauches nicht erklären, als diese Type mich von hinten packte und mir Chloroform zu schnupfen gab.

Sie versuchen dann, sie ins Jenseits zu befördern.

In dieser Geschichte gibt es einen mit dem seltsamen Hobby, Mädchen zu ersäufen.

Aber es gibt auch eine Detektei auf Draht, verdammt noch mal! Ein Partner rettet die erste, der andere die zweite.

Eigentlich müßten sie uns mit der Rettungsmedaille behängen, finden Sie nicht?

Ich spüre einen leichten Schlag auf der Schulter.

Ich drehe mich um.

Ein bärtiger Mensch mit Brille, eine Tasche unter dem Arm, beugt sich herunter und schaut.

»Lassen Sie mich weitermachen«, sagt er, »ich bin Arzt.«

Ich stehe auf, und er nimmt meinen Platz ein.

Ungefähr zwanzig Personen stehen im Kreis herum und genießen die billige Volksbelustigung.

Ein Dicker in Grau mit einer Perle in der blauen Krawatte trocknet sich die Stirn mit einem blütenweißen Taschentuch und hört einem pudelnassen Kellner zu, der heftig gestikulierend auf ihn einredet. Das muß der Besitzer des Lokales sein, Ciondolo Doro.

Er schaut zu mir her und kommt dann auf mich zu.

»Junger Mann«, sagt er, »Sie haben dieses Chaos da unten angerichtet!«

Mit einer Hand fege ich ihn beiseite und gehe zur Bar.

Buster ist nicht da, er wird hinuntergegangen sein zu den anderen, so überspringe ich die Theke und hole mir die Bourbonflasche.

Ich fülle ein Glas bis zum Rand und leere es in meinen Magen.

Das hat's gebraucht, Leute.

Der Dicke lehnt sich über die Theke und will mich am Ärmel packen, den ich aber nicht habe, da mein einziges Bekleidungsstück immer noch die Badehose ist.

Deshalb rutscht seine Hand an meiner nassen Haut ab.

»Können Sie sich einen Begriff machen von dem Schaden, den Sie verursacht haben?« fragt er.

Ich fülle ein zweites Glas, springe wieder über die Theke und bringe es samt Inhalt Ding-Dong.

Der Dicke geht mir immer noch nach und versucht mich bei der Jacke zu packen. Er hat immer noch nicht mitgekriegt, daß ich so gut wie nackt bin.

»Gehen Sie doch in meine Kabine«, sage ich, »dort sind meine Kleider.«

Er bleibt stehen und denkt über das nach, was ich gesagt habe, indessen der Arzt aufsteht.

»Sie atmet«, sagt er, »Sie haben gute Arbeit geleistet.«

»Ciondolo Doro ist nicht Ihrer Meinung«, sage ich, dann hebe ich Ding-Dongs Kopf ein wenig und flöße ihr etwas Treibstoff ein.

Der Motor müßte jetzt anspringen, tatsächlich macht sie die Augen auf und schaut mich an. Kaum erkennt sie mich, fällt sie wieder in Ohnmacht.

Ich hebe sie auf und trage sie zu einem Diwan.

Ciondolo Doro klebt sich an meinen Rücken.

»Sie werden sich von hier nicht wegrühren, bis die Polizei kommt«, sagt er.

Ich hole ein paar Tischtücher von den umherstehenden Tischen und decke das Mädchen damit zu.

Inzwischen hat sich rundherum großer Betrieb aufgetan.

Leute rennen herum, rufen, schaffen an.

Die Feuerwehr muß gekommen sein, denn man hört das

Geräusch des Motors, durch den die Pumpe das Wasser aus den Räumen saugt.

Hand in Hand kommt ein Paar daher.

Er wendet sich an Ciondolo Doro.

»Entschuldigen Sie«, sagt er, »wird heute abend nicht mehr getanzt?«

Die Antwort des Dicken höre ich nicht, aber ich sehe, daß er zwei Greifern entgegenwatschelt, die unter der Tür erschienen sind.

Ich öffne den Mund des Mädchens und träufle ihr noch ein paar Schluck Bourbon in die Kehle.

Sie hustet, tut ein paar Seufzer und öffnet dann die Augen.

Kaum erkennt sie mich, wirft sie die Arme um meinen Hals und hängt sich an meinen Mund.

Nach einer Weile gelingt es mir, mich loszueisen und sie zu fragen: »Wer war der Kerl, der dich an den Füßen gehalten hat?«

»Ich weiß nicht«, sagt sie. »Verlaß mich nicht, Pipa, ich habe Angst.«

Dann klebt sie sich von neuem an meine Lippen.

Die Geschichte beginnt eine sympathische Wendung zu nehmen, aber die Umstehenden sind nicht meiner Meinung.

Ausgerechnet ein Plattfüßler nimmt mich an den Schultern und trennt mich von Ding-Dong.

»Los«, sagt er, »jetzt ist Schluß.«

Ein anderer Plattfüßler hinter ihm sieht mich und sagt: »Aber das ist ja der Pipa!«

Der erste macht einen Sprung nach rückwärts und zieht seine Kanone.

»Donnerwetter«, sagt er, »Hände hoch! Durchsuche seine Taschen, Bruco!«

»Kann ich nicht, er ist nackt, Tanhauser«, sagt Bruco,

wendet sich dann zu Ciondolo Doro: »Der da«, sagt er, »ist vor ein paar Stunden aus dem Gefängnis getürmt. Es wird überall nach ihm gefahndet.«

Ich sehe, daß Cionodolo Doro nach dieser Nachricht um mindestens zwei Kilo leichter wird.

»Paß du auf ihn auf, Tanhauser, ich rufe den Leutnant Tram an«, sagt Bruco und rennt zum Telefon.

»Glaubst du, daß du es bis zu deiner Kabine schaffst?« frage ich Ding-Dong.

Sie nickt bejahend.

»Aber nicht allein«, sagt sie, »ich habe Angst.«

Ich wende mich dem Greifer zu.

»Hast du Handschellen?« frage ich.

»Aber sicher«, sagt er, »glaubst du, ich brauche erst eine Erlaubnis von dir, sie dir anzulegen?«

Er zieht die Armbänder aus der Tasche, ich packe Ciondolo Doro, schmeiße ihn in seine Arme, nehme dann die Handschellen und lasse sie um die Gelenke des Greifers zuschnappen. Er hat recht kurze Arme, der Plattfüßler, und ich muß ziemlich ziehen, aber ich schaffe es. Ciondolo Doro wird Schwierigkeiten mit der Atmung haben, aber das soll mich nicht kümmern.

»Jetzt«, sage ich, »könnt ihr ein Tänzchen wagen!«

Ich nehme Ding-Dong bei der Hand.

»Nichts wie weg«, sage ich, »da ist keine Zeit zu verlieren.«

Sie springt vom Diwan auf, und wir rennen zum Ausgang.

Rund um den Swimmingpool steht eine dichte Menschenmenge, die zuschaut, wie die Feuerwehrleute das Wasser herauspumpen.

Im Garten ist es dunkel und leer.

Wir erreichen die Kabinen.

Ding-Dong geht in die ihrige und schließt ab.

»Nicht herauskommen, ehe ich rufe!« sage ich, »und mach schnell!«

Ich renne zu meiner Kabine und bin noch beim Ausziehen der Badehose, als ich auch schon in Hemd und Hose geschlüpft bin.

Ich packe mein Jackett und gehe hinaus. Dann klopfe ich an Ding-Dongs Kabine.

Gerade macht sie den Reißverschluß ihres blauen Rockes zu, über dem sie eine gelbe Bluse trägt und ist schon in einen Jackenärmel geschlüpft.

Wir laufen dem Wald zu.

Im schwachen Gegenlicht, das aus dem Bassin kommt, sehe ich einen grotesken, hüpfenden Schatten.

Es ist der Greifer Tanhauser, der Ciondolo umarmt hält und versucht, so schnell wie möglich zu den Kabinen zu gelangen.

Dabei höre ich Ciondolo Doro schreien: »Lassen Sie mich doch los, verdammt noch mal, lassen Sie mich los!«

»Schnell«, sage ich, »innerhalb von fünf Minuten wimmelt's hier von Greifern wie in einem Ameisenhaufen!«

Wir erreichen den Wald und biegen dann zum Haus hin ab.

Wenn meine Berechnung stimmt, muß die Garage, in der sie mich zu meinem Schönheitsschlaf deponiert hatten, genau im hinteren Teil des Hauses liegen.

An der entgegengesetzten Seite des großen Parkplatzes.

Und wenn sie dort ist, muß es auch eine private Ausfahrt geben für den Wagen des Chefs.

Das ist der einzige Punkt, von dem aus wir uns verdrücken können. Ich denke gar nicht daran, meinen Blimbust zu holen oder die parfümierte Straßenwanze von Ding-Dong.

Und ehe der Leutnant Tram nicht da ist, denkt sowieso keiner dran, die Ein- und Ausgänge zu besetzen, aber der

Leutnant Tram ist von verblüffender Schnelligkeit, wenn es um mich geht.

Man muß ihm zuvorkommen.

Wir gehen im dichten Unterholz hinter den Kabinen weiter und kommen zu einem Flügel des Hauses, wo die Wirtschaftsräume untergebracht sein müssen, die Garage inbegriffen.

Ich sehe, daß die Garagenausfahrt in eine kleine Allee mündet, die zu einer Nebenstraße führt.

An der Allee entlang zieht sich eine dichte, hohe Hecke.

Ich finde ein Loch in dieser Hecke und schaue zur Garage hin. Das Scherengitter ist zur Hälfte hochgeschoben.

Ich drücke Ding-Dongs Arm.

»Hör zu«, sage ich. »Ich hole jetzt den Wagen, der da drin steht, und du wartest hier auf mich.«

»Laß mich nicht allein«, fleht sie und rankt sich an meinen Beinen empor. Dabei versucht sie, mich mit einer Parfümwelle zu betäuben.

Ich lege ihr eine Hand auf den Mund, gerade noch rechtzeitig, um sie an einem neuerlichen Angriff auf meine Lippen zu hindern.

»Spiel nicht die Dumme«, sage ich, »jetzt ist nicht der Moment, auch nur eine Minute zu verschwenden. Rühr dich nicht von hier, bis ich mit dem Wagen komme. Es ist überhaupt keine Gefahr.«

Ich streife sie mir vom Leib, überquere die kleine Allee und renne zur Garage.

Ich muß mich ziemlich zusammenfalten, um unter dem Gitter durchschlüpfen zu können.

Ich bücke mich und sehe dabei aus der Grube unter dem Wagen Licht schimmern.

Als ich drin bin, geht das Licht aus. Ich bleibe stehen.

»Komm raus, du da unten«, sage ich.

Stille.

Ich verlagere mich mehr ins Garageninnere, aber der in der Grube muß mich, wenigstens vom Bauch abwärts, gegen den weißschimmernden Kies der Allee gesehen haben.

Ich nähere mich ohne jedes Geräusch der Grube und versuche den Wagen etwas weiterzuschieben, um den Ausgang durch die Treppe zu blockieren.

O du irrsinniger Hasdrubal!

Ich fühle mich am Fußknöchel erfaßt und will mit dem andern Fuß einen kräftigen Stoß landen, falle aber auf den Boden.

Ich versuche alles, um freizukommen, aber ich schaffe es nicht. »Jetzt sitzt du wieder einmal in der Falle«, sage ich mir.

Der andere grunzt und versucht mein Bein zu brechen, indem er es gegen den Rand der Grube preßt.

Ich spanne meine Wadenmuskeln an und merke, daß der Zement abzubröckeln beginnt.

Dann höre ich, daß die Innentür aufgeht und jemand hereinkommt.

Ich halte den Atem an, und auch mein Gegner in der Grube muß es gehört haben, denn er hält auch den Atem an.

Wir sind drei, die den Atem anhalten, aber wir müssen wohl oder übel wieder damit anfangen, wenn wir die absolut nötige Luft in unsere Innereien kriegen wollen.

Der erste, der damit beginnt, ist der zuletzt Eingetretene. Er atmet und bewegt sich. Zwar leise, aber ich höre, daß er nach vorne kommt.

Zwanzig Zentimeter vor meiner Nase setzt er den Fuß auf einen Bolzen, der davonrollt.

Ich packe sein Bein, und er wirft sich zu Boden.

Ich höre, wie er der Wagentür einen Schlag versetzt, aber seine Hand findet meinen Hemdkragen und so kann er sich für den nächsten Schlag orientieren.

Ich stecke einen Streifschlag auf die Schläfe ein und mir gelingt es, ihm einen unter die Achsel zu verpassen.

Der andere unten läßt meinen Knöchel nicht los, deshalb muß ich mich verteidigen, so gut oder so schlecht es geht.

Ich lande einen Schwinger ins Leere, aber ich schaffe es nicht, mich umzudrehen. Ein Stoß mit dem Knie trifft mein Kinn, dann fühle ich eine Hand an meiner Kehle.

Verdammt noch mal, diese Hand kenne ich! Es ist dieselbe, die mich vor kurzem wie in einen Schraubstock gepreßt hat!

Mit der linken Hand finde ich ein Gesicht, stoße zwei Finger in die Nasenlöcher und drücke, so fest ich kann, nach oben.

Dann verankere ich den anderen Fuß in den Karosserierahmen und drücke mit aller Kraft weiter.

Der andere muß meinen Knöchel loslassen, und ich bin frei. Mit dem Zuletztgekommenen, der an meiner Kehle hängt, wälze ich mich herum, aber er muß auslassen, wenn er nicht Gefahr laufen will, daß ich ihm mit meinen zwei, in seinen Nasenlöchern verankerten Fingern das Gehirn durchbohre.

Er will wieder einen Schlag landen, trifft jedoch einen leeren Benzinkanister und bleibt mit der Faust drin stecken.

Ich lege meine ganze Kraft in einen Geraden, der ihm den Kopf abreißen müßte, treffe aber mit der ganzen Wucht einen Autoreifen.

Einen Winterreifen, ich fühle es am Profil.

Nun wirft er sich auf mich und landet mit dem Benzinkanister, seinem zweckentfremdeten Boxhandschuh, einen Geraden auf meiner Schulter.

Während ich mit einem Schwinger antworte, sehe ich einen Schatten, der sich in die Scherengitteröffnung wirft und auf dem Kiesweg der Allee davonrennt.

Verdammt!

Der aus der Grube ist getürmt.

Mir bleibt keine Zeit, darüber nachzudenken. Durch einen gut dosierten Uppercut bleibt mir die Puste weg, und ich muß erst tief Luft holen, um ihn zurückzuerstatten.

Mit Zinsen natürlich.

Ich bin gerade dabei, die Quittung vom Empfänger unterschreiben zu lassen, als ich Ding-Dong schreien höre.

»Nein, nein, Hilfe!«

Ich werfe mich gegen den Garagenausgang, bücke mich ausgerechnet zwei Zentimeter zu wenig, um durchschlüpfen zu können.

Mir kommt vor, ich habe einen Schlag mit einer Pistole aufs Hirn gekriegt, Leute!

Wie ein Schuß dröhnt dieser Stoß in meinem Schädel, die Augen fallen mir zu, aber mein Freund Nummer zwei hindert mich am Hinfallen.

Er packt mich von hinten, und wir wälzen uns wieder einmal in der Garage herum.

Zwei Schläge muß ich einstecken, einen unters Kinn und einen hinters Ohr, ehe ich es schaffe, ihn zum Einschlafen zu bringen.

Als ich ihn schnarchen höre, renne ich hinaus. Diesmal bücke ich mich im richtigen Winkel.

Es ist inzwischen nutzlos geworden, daß ich die Allee bis zur Straße hinunterrenne: ich höre immer schwächer werdendes Motorengeräusch.

Der ist weg, Leute, und als Souvenir an diesen denkwürdigen Abend hat er sich Ding-Dong mitgenommen.

Ich gehe in die Garage zurück, hebe jedoch zuvor das Scherengitter ganz in die Höhe.

Dann werfe ich einen Blick auf den Schlafenden, das heißt, ich taste ihn ab, denn es ist stockfinster.

»Diesmal kommst du mir nicht aus«, sage ich.

Ich nehme einen mit Schmieröl getränkten Schwamm und schiebe ihn in seinen Mund.

Dann lege ich ihn fein säuberlich in den Wagen, neben den Führersitz.

Ich steige ein, setze mich ans Steuer und lasse den Motor an. Mit abgeblendeten Scheinwerfern fahre ich hinaus.

Kaum bin ich in der kleinen Allee, höre ich auf der Straße, die parallel zur Allee läuft, die Sirenen der Polizeiwagen.

Ich lege den zweiten Gang ein, dann den dritten, knipse die Scheinwerfer an und brause ab.

## 7. KAPITEL

*Ich fahre spazieren mit einem, über den man lachen muß, auch wenn ihm selbst gar nicht danach zumute ist – man kann wirklich nicht sagen, daß mein Partner Gregorio auf der faulen Haut liegt – schauen wir uns den Sonnenaufgang am Fluß an!*

Es ist noch nicht vier Uhr, aber schon sehe ich, daß der Himmel da, wo die Sonne aufgehen soll, heller wird.

Ich habe keine Zeit nachzusehen, ob irgendwo in diesem Wagen Bourbon versteckt ist.

Sicher nicht. Und dabei lechze ich förmlich danach.

Meinen momentanen Spritverbrauch könnte nicht einmal ein achtzehnzylindriger Luxusschlitten auf tausend Kilometer verkonsumieren.

Hoffentlich halte ich durch, bis ich den teils makabren Inhalt dieses Wagens irgendwie untergebracht habe. Da ist einmal der Tote im Gepäckraum, wenn Sie sich erinnern. Der Dr. Piè, derselbe, den ich gestern morgen im Leichenwagen spazieren gefahren habe.

Und dann der, welcher neben mir schläft.

Er hat immer noch den ölgetränkten Schwamm im Mund und den Benzinkanister als Handschuh an der rechten Hand.

Ich werfe einen Blick auf ihn.

Er ist kahl und hat nur hinten herum von einem Ohr zum anderen einen Haarkranz.

Auch mit vollem Mund schaut er aus, als ob er lacht, seine Mundwinkel reichen bis unter die Augen.

Verdammte Schweinerei!

Ich muß ihn mir genauer anschauen, denn hier, im Halbschatten, gefällt mir seine Visage absolut nicht.

Die Polizeisirenen sind nicht mehr zu hören.

Als ich sicher bin, aus der Schußlinie zu sein, fahre ich an den Straßenrand und halte.

Dann knipse ich die Innenbeleuchtung an.

Jetzt kann ich die schlafende Type neben mir ganz genau sehen. Er ist gar nicht kahl, Leute. Er hat einen Kahlkopf aus Gummi übergezogen, der seine ganze Stirn bis zu den Augenbrauen bedeckt.

Ich ziehe den Kahlkopf ab und darunter kommt ein Wald schwarzer Haare zum Vorschein, die nach hinten gekämmt und mit Brillantine gesalbt sind.

Jetzt verstehe ich auch, warum seine Mundwinkel bis zu den Augenbrauen reichen: er hat die Lippen grellrot geschminkt und mit weißen Konturen abgesetzt.

Ich lasse einen Pfiff los.

Der Mund eines Clowns.

Der vor ein paar Stunden mit seinem Fahrrad im Bassin herumgeschwommen ist, dafür verwette ich meinen vorletzten Dukaten.

Ich nehme seine rechte Hand und betrachte sie.

Diese Riesenpranke könnten Sie ohne weiteres als Schraubenschlüssel verwenden oder als Zange zum Ausreißen gußeiserner Pfähle.

Und ich wette meinen letzten Dukaten, daß dies die Hand ist, die meinen Hals umklammerte, als ich Ding-Dongs kleinen Bauch im Blickfeld hatte.

Ich sehe, daß er eine blaue Jacke mit goldenen Knöpfen anhat, ich habe zwar keine Dukaten mehr zu verwetten, aber das kann nur die Jacke eines Chauffeurs sein.

Nur zwei Knöpfe sind geschlossen, und das läßt mich vermuten, daß er sie in aller Eile angezogen hat, denn aufgehen konnten die Knöpfe während unserer Diskussionsstunde niemals, höchstens abreißen. Aber es fehlt keiner.

Der da hat mich am Hals gepackt, chloroformiert, in die Garage geschleppt und mich, verschnürt wie eine Salami, in die Grube versenkt zu dem Toten.

Und ist dann seiner Wege gegangen.

Später hat er dann von den ganzen Ungeheuerlichkeiten, die ich angerichtet habe, gehört und wollte sich, als er sich unauffällig entfernen konnte, in aller Eile umziehen und abschminken, aber dazu blieb ihm keine Zeit.

Er mußte vor allem in Erfahrung bringen, was ich in der Garage noch angestellt hatte und ob der Tote noch in der Grube lag. Als er dort nachschaute, hat er mich mit einem gebrauchsunfähigen Fuß vorgefunden.

Ich frage mich nur, wer der andere war.

Und dann frage ich mich, ob er es war, der Ding-Dong im Bassin an den Füßen festhielt.

Möglich ist es schon, aber keinesfalls werde ich jetzt hier sitzenbleiben, um in diese dunkle Geschichte Licht zu bringen. Dazu habe ich gar keine Zeit.

Ich setze ihm die Glatzenperücke wieder auf, lösche die Innenbeleuchtung, lege den Gang ein und fahre weiter.

Wo finde ich einen geeigneten Platz, um diese zwei unterzubringen?

Ich durchfahre schlafendes Land und biege dann in die Staatsstraße ein, die in die Stadt führt.

Bei den ersten Häusern befindet sich eine Tankstelle. Ich halte, steige aus, gehe in die Telefonzelle und nehme das Telefonbuch zur Hand.

Ich finde die Adresse der P.A.S.N.K.A.G.

Beim Herauskommen sehe ich den Tankwart unter der Tür seines Kioskes stehen.

»Hast du Bourbon?« frage ich.

»Bourbon nicht«, sagt er, »aber Gin.«

»Das ist nicht der richtige Treibstoff für mich«, sage ich, »der steigt mir in den Kopf.«

Ich steige wieder in den Wagen und fahre weiter.

Nach einer Viertelstunde halte ich vor einem großen, mit Weißblech umkleideten Tor.

Die Einfahrt zur Nußknackerfabrik.

Neben dem Tor ist ein kleines Gebäude mit ein paar Fenstern und einer Tür.

Auch eine Glocke ist da. Ich drücke den Finger drauf und höre das Läuten im Inneren.

Als ich nach guten zwei Minuten den Finger wegnehme, höre ich eine Stimme schreien.

»Wer ist da?«

»Machen Sie schnell auf«, sage ich.

»Aber wer sind Sie, mitten in der Nacht?«

Die Tür geht auf, und ein Alterchen steckt den Kopf aus dem Türspalt.

Ich sehe, daß er eine dunkle Jacke anhat. Unten schauen gestreifte Pyjamahosen heraus.

»Ich muß sofort den Wagen hereinfahren«, sage ich, »mach das Tor auf.«

»Was für einen Wagen?« fragt er.

»Den Wagen da draußen«, sage ich. »Und verlier keine Zeit mit dummen Fragen.«

»Mitten in der Nacht darf ich niemanden in die Fabrik lassen«, sagt er.

Er will wieder zumachen, aber mit einem Fußtritt stoße ich die Tür ganz auf.

»Wenn du die Verantwortung nicht übernehmen willst, ruf den Spitzbart an«, sage ich.

Er macht einen Satz rückwärts und gafft mich an, wie wenn aus meiner Nase die Flagge von Nicaragua wehen würde.

»Spitzbart?« stottert er.

»Ja«, sage ich, »den Commendatore Utile Magoni, begriffen?«

»Sie sind wohl verrückt«, sagt er, »den Commendatore um diese Zeit anzurufen? Sie wollen wohl, daß man mich feuert?«

»Wo ist das Telefon?« frage ich, »ich werde mit ihm sprechen.«

Neben einer Kontrollstechuhr für die Arbeiter sehe ich das Telefon.

Mit einer Hand packe ich das Alterchen bei seiner Jacke, mit der anderen nehme ich den Telefonhörer.

»Los«, sage ich, »wähle die Nummer.«

Er hebt die Hand und dreht ein paar Nummern, aber seine Finger zittern derart, daß er sie in die falschen Löcher steckt.

»Sag mir die Nummer«, sage ich, »dann wähle ich sie mir selbst.«

Er sagt sie mir.

Zwei Minuten vergehen, bis sich eine schlafgepolsterte Stimme meldet.

Kaum sage ich, daß ich den Commendatore Magoni sprechen will, wird die Stimme wach.

»Sie sind übergeschnappt«, sagt sie.

»Bin ich nicht«, sage ich. »Wenn Sie den Commendatore nicht ans Telefon holen, komme ich hin und werfe ihn eigenhändig aus dem Bett. Sagen Sie ihm, daß Pipa ihn dringend zu sprechen wünscht.« Es vergehen weitere zwei Minuten, dann höre ich die Stimme des Präsidenten.

»Sie Gauner, Sie Schuft, Sie Betrüger«, schreit der Spitzbart, und ich verstehe, wie gründlich ihm der Schlaf vergangen ist, als er meinen Namen gehört hat.

»Beruhigen Sie sich«, sage ich, »wenn Sie erst wissen, warum ich Sie habe wecken lassen, werden Sie sich bei mir bedanken.«

»Der Schlag soll Sie treffen«, sagt er. »Wir hatten Vertrauen zu Ihnen, und Sie haben uns hereingelegt, Sie Gauner Sie!«

»Halten Sie die Luft an, oder ich stecke Ihnen das Telefon in den Schlund«, sage ich. »Kann man erfahren, was Sie eigentlich so auf die Palme gebracht hat?«

»Da fragen Sie auch noch!« sagt er. »*Sie* haben den Dr. Piè während der Beerdigung gestohlen. Sie waren mit ihm unter einer Decke, Sie sind sein Komplize und haben uns eine niederträchtige Komödie vorgespielt, als wir zu Ihnen gekommen sind und Ihnen den Auftrag gegeben haben.«

»Woher wollen Sie das alles wissen?« frage ich.

»Von der Polizeizentrale. Der Leutnant Trambahn, oder wie er heißt, hat unter Ihren Sachen die Visitenkarte gefunden, die ich Ihnen gestern gegeben habe. Er war bei mir und hat mir alles berichtet. Es gibt Zeugen, die gesehen haben, wie Sie den Leichenwagen gestohlen haben. So eine Schweinerei. Ich mußte ihm natürlich sagen, daß wir Ihnen gestern nachmittag einen Auftrag erteilt haben. Sie sind nichts anderes als ein ganz gemeiner Betrüger. Hatten sie Sie denn nicht verhaftet?«

»Schon, schon, aber die Unterkunft war nicht nach meinem Gusto, drum bin ich ausgezogen«, sage ich. »Und jetzt hören Sie mir zu, wenn Sie wollen, daß ich mir Ihr Geld ehrlich verdiene.«

»Was?« brüllt er, »Sie werden es bis zum letzten Centesimo zurückgeben, und schlagen Sie sich nur ja aus dem Kopf, den Scheck einlösen zu wollen.«

»Hören Sie schon auf, den Schwachsinnigen zu markieren«, sage ich, »befehlen Sie lieber Ihrem Wächter hier, mich mit dem Wagen ins Fabrikgelände zu lassen. Ich habe keine Zeit mehr zu verlieren.«

»Was sagen Sie da?« sagt er. »Wo sind Sie denn?«

»Ich bin im Portierhäuschen Ihres Betriebes und muß unbedingt einen Wagen hereinfahren.«

»Sie sind im Portierhäuschen meines Betriebes?« wiederholt er.

»Rühren Sie sich nicht von dort. Warten Sie auf mich. Ich komme so schnell wie möglich. Geben Sie mir nun den Wächter.«

Ich gebe den Hörer dem Alterchen, und er preßt ihn sich ans Ohr. »Ja, Commendatore«, sagt er, ». . . in Ordnung, Commendatore . . . ich lasse ihn herein . . . ja, Sie können sich darauf verlassen . . . jawohl, Commendatore . . .«

Dann hängt er den Hörer auf, schaut mich an und reibt sich die Hände.

»Er hat gesagt, es geht in Ordnung«, sagt er, »also lasse ich Sie herein.«

Jetzt zittert er nicht mehr.

Er geht in den Hof hinaus und ich auf die Straße. Ich steige in den Wagen und lasse den Motor an.

Das Tor öffnet sich, und ich fahre hinein.

Ich höre, wie das Alterchen wieder absperrt. Dann kommt er zum Wagen und schaut, was ich neben mir auf dem Sitz habe.

»Befehl ausgeführt«, sagt er militärisch.

»Steig auf«, sage ich, »du mußt mir den Weg zum Labor des armen Dr. Piè zeigen.«

Ich mache die Tür auf, und er schaut den im Tiefschlaf Liegenden mit dem Schwamm im Mund an.

Gleich zittert er wieder.

»Wer ist denn das?« fragt er.

»Nur einer, der schläft«, sage ich, »du brauchst keine Angst zu haben. Steig ein.«

Ich nehme ihn an einem Arm und ziehe ihn herauf. Ich setze ihn dem Schlafenden mit dem Schwamm im Mund auf die Knie.

Aber ich merke, daß ihm diese Sitzunterlage nicht sympathisch ist.

»Zeig mir ganz schnell den Weg, dann kanst du von deiner unbequemen Sitzgelegenheit wieder herunter«, sage ich.

Er klammert sich ans Fenster und zeigt geradeaus.

Ich fahre eine lange Straße zwischen zwei Reihen großer Baracken durch. Am Ende derselben läßt er mich rechts abbiegen.

Wir fahren wieder die Baracke entlang, die über Eck gebaut ist. Am Ende der Straße kommen wir zu einem zweistöckigen Haus. Er macht Zeichen, anzuhalten.

Schnell springt er hinunter, und ich steige ebenfalls aus.

Er macht die Türe auf, nach zwei Stufen kommt eine zweite Tür.

»Das«, sagt er, »ist das Studio des armen Dr. Piè. Das Labor ist hinter jener Tür. Wollen Sie es sehen?«

»Nicht nötig«, sage ich. »Es genügt so.«

Ein riesengroßer Schreibtisch steht da, und dahinter sieht man die Tür von einem Safe.

Ich nehme das Alterchen am Arm und schubse ihn hinaus.

»Ich weiß jetzt Bescheid«, sage ich. »Du mußt mir nur noch helfen, einen Sack hereinzutragen. Wirst du das schaffen?«

»Na ja«, sagt er, »wenn er nicht gar zu schwer ist.«

»Fünfundsechzig Kilo«, sage ich, »aber keine Angst, ich bin ja auch noch da.«

Wir gehen zum Wagen hinaus, ich mache den Gepäckraum auf, packe den Sack und ziehe ihn heraus.

»Nimm du ihn von der anderen Seite.«

»Was ist denn drin?« fragt er.

»Sachen für den Spitzbart«, sage ich, »oder für den Commendatore Magoni, wenn dir das lieber ist.«

Er muß sich sehr plagen, aber er schafft es. Er will beweisen, wie gut er noch in Form ist.

Wir schleppen den Sack ins Studio und deponieren ihn auf dem Schreibtisch.

Dann nehme ich eine Schere von einem danebenstehenden Tischchen und schneide den Sack der Länge nach auf.

Ich schlage die Teile zurück und stelle den armen Dr. Piè zur Schau, der nun in seiner ganzen Länge daliegt, still und ein wenig lächelnd. Endlich kann er auf alles pfeifen, was um ihn vorgeht.

Es scheint, er hat durch die Strapazen der letzten zwei Tage nicht im mindesten gelitten.

Ich drehe mich um.

Ein dumpfer Fall, und das Alterchen ist nicht mehr zu sehen.

Er liegt auf dem Boden und ist sehr blaß geworden.

Ich nehme ihn unter den Arm und trage ihn hinaus.

Ich schließe die Tür ab, stecke den Schlüssel in die Tasche, erreiche den Wagen und lege das Alterchen auf den Boden.

Ich hole den Tiefschlafenden mit dem Schwamm im Mund heraus, und lege ihn anstelle des Dr. Piè in den Gepäckraum.

Dann setze ich den Alten auf den Platz neben mich, mich selbst ans Steuer und fahre los.

Ich muß halten, mir die Schlüssel nehmen und das Tor aufschließen.

Als ich draußen bin, überlege ich, daß es nutzlos ist, mit

Wiederabsperren noch Zeit zu verlieren, und fahre weiter. Kaum bin ich um die Ecke, höre ich die Polizeiwagen mit heulenden Sirenen daherbrausen.

Dieser Unglückswurm mit seinem Spitzbart hat natürlich die Zentrale angerufen und, ich wette meinen Adamsapfel, den Leutnant Tram von meinem Anruf benachrichtigt.

Zum zweiten Mal innerhalb einer Stunde oder etwas mehr habe ich sie drangekriegt.

Ich muß ein ruhiges Plätzchen finden, daß ich dem, den ich im Gepäckraum habe, ein paar Fragen stellen kann.

Aber wo?

Ich habe keine Ahnung. Seit einiger Zeit sind stille Plätzchen in dieser Stadt Mangelware geworden.

Ich könnte es riskieren, ihn nach Hause oder in mein Büro zu schaffen, aber wenn ich dabei über ein paar Plattfüßler stolpere, haue ich mir das Maul auf.

Wenn dieser idiotische Spitzbart nicht die Polizei angerufen hätte, wäre die Nußknackerfabrik der ideale Platz gewesen. Aber es hat keinen Sinn, jetzt noch über nutzlos vergeudeten Bourbon zu weinen.

Und dabei muß ich das Alterchen noch spazierenfahren.

Ich konte ihn unmöglich dort lassen, daß er alles ausplaudert, was ich gemacht habe und wie und wo der Dr. Piè untergebracht ist.

Keinem Menschen würde es in den Sinn kommen, ihn ausgerechnet in seinem Studio zu suchen.

Hoffe ich wenigstens.

Vielleicht könnte ich's in der »Fledermaus« versuchen.

Die »Fledermaus« ist die Bar in der Straße, wo ich wohne. Sie ist »die ganze Nacht geöffnet« und versorgt mich mit Bourbon, wenn er mir, was selten vorkommt, ausgegangen ist.

In der »Fledermaus« ist auch Fernanda, die Braut meines Partners, vielleicht kann sie mir sagen, ob sie ihn in der letzten Zeit gesehen hat oder nicht.

Die Straße ist vollkommen verwaist. Kein Greifer in Sicht. Also halte ich vor der »Fledermaus«.

Ich nehme das Alterchen, das immer noch schläft, unter den Arm und trage ihn hinein.

»Salve Er«, sage ich und gehe durch das Lokal, »hast du Greg gesehen?«

Ercole, der Besitzer der »Fledermaus«, schüttelt den Kopf und läuft schnell nach der Bourbonflasche.

Er sieht mir's immer gleich an, wenn mein Tank leer ist.

»Fernanda ist auch in Sorge, weil er sich schon eine Weile hier nicht sehen gelassen hat«, sagt er. »Seid ihr mit einem neuen Fall beschäftigt?«

»Allerdings«, sage ich, »aber auch ich habe seit Stunden nichts von ihm gesehen oder gehört.«

Ercole füllt mein Glas, während ich damit beschäftigt bin, das Alterchen auf einen Stuhl zu setzen.

Dann lege ich seine Arme auf den Tisch und lehne seinen Kopf darauf.

Ich setze mich auch, um ein wenig zu verschnaufen, dann trinke ich.

»Ist der heiß?« fragt Ercole und deutet mit dem Kopf auf das Alterchen.

»Nein, nein«, sage ich, »solange er ohnmächtig ist, zählt er gar nicht, nur wenn er wach wird, möchte ich nicht, daß er jemanden anruft oder sich davonmacht. Er würde meine ganze Arbeit in Frage stellen.«

Ich muß schrecklich gähnen, und der Bourbon, den ich kaum geschluckt habe, verdampft im Nu.

Ich genehmige mir sofort einen zweiten.

»Ich habe noch einen im Gepäckraum«, sage ich, »und ich kann einfach keinen ungestörten Fleck finden, um ihm ein paar Fragen zu stellen. Hättest du nicht in deinem Keller einen Quadratmeter frei?«

»Willst du mich in Schwulitäten bringen?« sagt er.

»Überhaupt nicht«, sage ich, »durch mich bist du bis jetzt noch nie in Schwulitäten gekommen.«

»Das ist auch wahr«, sagt er, aber recht überzeugt klingt das nicht.

»Nur ein paar harmlose Fragen«, sage ich.

»Also gut«, sagt Er, »trag ihn hinunter. Und was machst du mit dem da?«

»Du müßtest ein System finden, ihn ruhig zu halten, wenn er wach wird. Gib ihm zu trinken, erzähl ihm Witze, frage ihn, wie es seiner Frau geht. Du kannst ihm auch ruhig eine Flasche über den Schädel hauen, wenn dir das mehr liegt, dieser Kopf da ist ganz unwichtig. Es genügt, wenn du ihn eine Stunde hier behältst.«

»Also gut«, sagt er, »ich werde mir schon was einfallen lassen.«

Ich verleibe mir noch ein Glas ein, weil ich den schönsten Moment nicht mit leerem Magen erleben möchte, dann stehe ich auf. Als ich kaum in der Mitte des Lokals bin, wird die Tür aufgerissen, und herein stürmt Greg.

»Endlich!« sage ich. »Es war aber auch Zeit, daß du dich sehen läßt!«

Auch Fernanda saust hinter der Theke hervor und setzt ihren Prachtschweif in Bewegung.

Er muß einen Olympialauf hinter sich haben, und ich sehe, daß er etwas in der Schnauze trägt.

Er legt mir ein Päckchen in die Hand, das in ein Blatt mir unbekannter Art gewickelt ist.

Ich will das Päckchen aufmachen, aber mein Partner gibt mir zu verstehen, daß keine Zeit zu verlieren ist. Er zieht mich an den Hosenbeinen zur Tür, bleibt dann stehen und schaut auf den Wagen, der vor dem Lokal geparkt ist.

»Stimmt schon«, sage ich, »das ist der Wagen, den ich zur Zeit benütze.«

Er gibt Fernanda noch schnell einen Kuß, kommt dann heraus und springt durch das offene Wagenfenster auf seinen Platz neben mir. Das Päckchen stecke ich in die Tasche.

»Ciao Er«, sage ich, »danke schön für den Keller, vielleicht brauche ich ihn das nächste Mal. Scheinbar ist's wieder einmal brandeilig. Ich lege dir das Alterchen ans Herz.«

»Wird erledigt, fahr nur los«, sagt er.

Ich sitze noch nicht richtig am Steuer, als ich schon den ersten Gang einlege und losbrause.

Greg neben mir signalisiert, wohin ich fahren muß.

Nun hat sich der Himmel aufgehellt, die Sterne sind verschwunden. Die Sonne ist noch nicht aufgegangen, aber die Luft hat sich schon erwärmt.

Nur wenige Autos und Lastwagen sind schon unterwegs.

In fünf oder noch weniger Minuten haben wir die Peripherie erreicht, biegen in die Straße längs des Flusses ein und fahren bis zu den letzten Häusern weiter.

An der Kreuzung nach Palo Lungo macht Greg mir Zeichen, rechts einzubiegen.

Wir fahren über die Cavalcionebrücke, und ich lasse einen Pfiff los.

Von dieser Brücke habe ich doch erst gehört . . .

Von ihr ist meine Sintflut hinuntergeflogen, wenn Sie sich erinnern.

Am anderen Ufer verlassen wir die Hauptstraße und biegen in einen nicht asphaltierten Weg ein, der am rechten Flußufer entlang geht.

Wir fahren ein paar Kilometer durch eine verlassene, öde Landschaft. Nur Steine, Felsbrocken, Gebüsch und leere Sardinenbüchsen.

Greg gibt sein Haltezeichen, und ich bleibe stehen.

Wir steigen aus, klettern einen Steilhang hinauf, und oben brauche ich dann keinen Führer mehr.

Ein schwaches, unverwechselbares Gerüchlein weist mir den Weg. »Nagaika«, kein Zweifel.

Ich finde sie hinter einem Gebüsch auf einen kleinen Rasenteppich hingestreckt, Hände und Füße gefesselt und das gelbe Tüchlein, das ihre Haare hätte verdecken sollen, als Knebel im Mund. Beim ersten Blick fürchte ich schon, daß sie tot ist, aber dann sehe ich, daß sie die Augen offen hat, aus denen nackte Angst spricht, Leute.

Als ob sie ein Regiment Kosaken auf sich zugaloppieren sehen würde.

## 8. KAPITEL

*Wäre es nicht besser, wenn wir uns miteinander verständigen würden? – ein Ehemann kommt zum Vorschein, der über den gebrochenen Schädel seiner Frau bittere Tränen vergießt – so setzen wir uns alle miteinander in den Wagen und machen uns daran, ein Ergebnis aus dieser Lage herauszuschälen.*

Greg hilft mir überhaupt nicht.

Er streckt sich auf einen großen Stein zum Schlafen hin. Er muß aber auch sehr müde sein, Kinder! Seit meine Sintflut gestern abend ins Büro gekommen ist, hat er sich nicht einen Augenblick Ruhe gegönnt.

Und ich habe nicht daran gedacht, die Bourbonflasche mitzubringen, wer weiß, was er für einen Stärkungsschluck geben würde.

Ich befreie also Ding-Dong von dem Knebel und binde ihre Hände und Füße auf.

Sie benützt sofort die Gelegenheit, mir die Arme um den

Hals zu schlingen. Als sie sich an meinem Mund fest verankert hat, beginnt sie meine Wangen mit Tränenfluten zu überschwemmen.

Ich lasse sie, denn ich kann verstehen, daß auch sie ihrem Herzen Luft machen muß.

Eine leichte Nacht war das nicht für sie, Leute!

Vor lauter Glück über mein Kommen merkt sie gar nicht, daß eine ganze Kolonne Ameisen ihr linkes Bein hinaufmarschiert und unter ihrem Rock verschwindet.

Aus dem Augenwinkel schaue ich ihnen zu.

Dann sehe ich die Kolonne aus ihrem Ausschnitt herauskommen und den Marsch über meine Achsel in meinen Hemdkragen fortsetzen.

Als die Kolonne dicht an meinem Blickwinkel vorbeidefiliert, versuche ich sie zu zählen, aber bei einhundertsechzehn verheddere ich mich, denn sie haben ein beachtliches Tempo vorgelegt.

Es muß ein kompletter Ameisenhaufen sein, der, nachdem er Ding-Dong durchlaufen hat, sich auf meinen Rücken verlagert und dort ausschwärmt, jede Ameise nach eigenem Ermessen.

Nach und nach beruhigt sich Ding-Dong. Die Äuglein tropfen nicht mehr.

Sie lichtet den Anker von meinem Mund und seufzt.

»Ich habe geglaubt, ich sterbe«, sagt sie.

Dann springt sie auf und legt einen tollen Cha-cha-cha hin.

Ich versuche es auch, und ich kann Ihnen flüstern, daß dieser Tanz sehr leicht ist, wenn Ihnen so ungefähr tausend Ameisen übers Kreuz laufen. Aber glauben Sie ja nicht, daß sich diese Tierchen leicht beeindrucken lassen.

Nicht einmal einem Erdbeben würde es gelingen, sie zu verscheuchen. Sie graben sich in die Haut ein, und da bleiben sie auch. »Der Fluß«, sage ich.

Mit ein paar Sprüngen bin ich am Ufer, reiße meine Klamotten vom Leib und werfe mich ins Wasser.

Als ich wieder auftauche, sehe ich Ding-Dongs Kopf einen Meter von mir auf dem Wasser schwimmen.

»Ich habe Höllenqualen ausgestanden, ehe du gekommen bist«, sagt sie, »aber dann habe ich gar nichts mehr gespürt.«

»So was gibt's«, sage ich.

Die Fluten tragen die Ameisen mit sich, wahrscheinlich haben sie weiter unten am Fluß eine Zusammenkunft, und das Wasser ist kalt.

»Ich habe dir doch heute nacht gesagt, auf mich hinter der Hecke versteckt zu warten«, sage ich.

Ich sehe, wie ein Schauer sie überläuft.

»Er muß mein Parfüm gerochen haben«, sagt sie.

Sie muß eine häßliche Erinnerung vor Augen haben, denn sie verbirgt sie hinter den langen Wimpern und läßt sich von den Wellen treiben.

Die Strömung trägt sie mir in die Arme.

Ich steige aus dem Wasser und lege sie am Ufer nieder.

Sie ist nicht ohnmächtig. Sie schaut mich an und lächelt.

Ich nehme meine Kleider und laufe hinter einen Busch.

»Zieh dich an«, sage ich zu ihr.

Mit den Händen streife ich das Wasser von meinem Körper und schüttle erst jedes Stück meiner Garderobe kräftig, ehe ich es anziehe.

Als ich fertig bin, steige ich die Anhöhe hinauf, wo ich Ding-Dong gefunden habe.

Greg schläft noch immer, und ich schaue mich um.

Da liegen abgebrochene Zweige, verrutschte Steine, auch Blutstropfen finde ich.

Merkmale eines Kampfes.

Ich setze mich neben meinen Partner und zünde mir ein Stäbchen an. Dann wecke ich Greg.

Er streckt sich, blinzelt mich an und gähnt.

»Hör zu«, sage ich, »du brauchst mir nicht alles zu berichten. Versteht sich, daß du in diesem Moment keine Lust dazu hast. Mir genügt eine Bestätigung. Seit vorgestern verfolgst du diese Type. Heut nacht warst auch du im ›Whisky und Bikini‹ und hast bei seinem Wagen gewartet, bis er mit Ding-Dong gekommen ist. Du bist mit in den Wagen gestiegen, ohne dich sehen zu lassen, und er hat das Mädchen hierher gebracht. Als du begriffen hast, was er vorhat, bist du ihn angesprungen und hast ihm die Tour gründlich vermasselt.«

Er knurrt, was heißen soll, daß ich ein Idiot bin.

»Nicht?« sage ich. »Du hast sofort herausgekriegt, was er vorhatte? Und du hast ihn das Mädchen wie eine Salami verschnüren lassen, damit sie sich nicht rühren konnte, bis ich hergekommen bin. Dann hast du ihn angesprungen.«

Jetzt gibt er mir recht.

»Gut«, sage ich, »soweit ich verstanden habe, hat er es mit dir nicht aufnehmen können, hat das Mädchen liegen gelassen und ist getürmt. Und du hast dich sofort zu mir auf den Weg gemacht.«

Scheinbar ist die Sache tatsächlich so gelaufen.

»Auch die andere hat er hergebracht«, sage ich, »aber da warst du zu spät dran. Gerade noch rechtzeitig konntest du in den Fluß springen, als du sie von der Brücke hinunterfliegen gesehen hast.«

»Wer ist von der Brücke geflogen?«

Ich drehe mich um. Ding-Dong hat sich angezogen und versucht, ihre Haare irgendwie zu frisieren, aber die Glocke ist unwiederbringlich im Eimer.

»Meine Sintflut«, sage ich, »wußtest du das nicht?«

»Sintflut?« fragt sie, »und wer soll das sein?«

Sie hört auf, sich mit den Fingern durch die Haare zu fahren und schaut mich an.

»Ach so«, sage ich, »diesen Namen habe ich ihr gegeben, als sie zu mir gekommen ist und mein Büro überschwemmt hat. Sie heißt, oder vielmehr sie nennt sich Chela Sicchè. Du hast mir doch gesagt, daß du sie kennst.«

Sie kommt zwei Schritte näher und hält dann den Atem an.

»Und sie haben sie in den Fluß geworfen?« sagt sie.

»Gestern nacht«, sage ich, »nachdem sie ihr einen Schlag auf den Schädel verpaßt und ihr einen Stein an die Füße gebunden haben. Mein Partner ist gerade noch rechtzeitig gekommen, um sie herauszufischen.«

Das durch ihre zarte Haut schimmernde Blut verschwindet nach und nach, und es hat den Anschein, daß ihre Beine sie nicht mehr tragen können.

Ich fange sie gerade noch rechtzeitig auf.

»Du schlägst den Rekord in Ohnmachten«, sage ich.

Sie strengt sich an, nicht in Ohnmacht zu fallen, und klammert sich an meinen Ärmel.

»Er hat...« stottert sie, »er hat sie ins Wasser geworfen... mein Gott! Nein, nein, nein.«

»Hingegen ja«, sage ich.

Ich setze sie ins Gras, setze mich neben sie.

»Jetzt ist sie in der Klinik mit einem Schädelbruch, aber kann sein, daß sie sie durchbringen«, sage ich. »Scheinbar kann man heutzutage kaputte Köpfe ohne viel Schwierigkeiten wieder zusammenflicken.«

Sie nimmt den Kopf in beide Hände und fängt zu weinen an.

»Das ist doch nicht möglich«, schluchzt sie, »das kann doch nicht sein. Ich bin schuld daran, alles ist meine Schuld.«

»Heut nacht im Bassin«, sage ich, »hat derselbe Mensch versucht, dich zu killen, aber es ist ihm nicht gelungen. Später hat er dich dann hinter der Hecke aufgestöbert und dich hierher geschleppt. Auch dir wollte er einen Stein ans Bein binden und dich von der Brücke ins Wasser werfen, da, wo es am tiefsten ist. Aber mein Partner ist gerade noch zurecht gekommen, und dein Freund hat türmen müssen.«

Die Tränen rinnen ihr über die Arme bis zu den Ellbogen.

»Wer hätte das gedacht!« ruft sie aus.

Ich strecke mich im Gras aus und verschränke die Hände hinter dem Kopf.

Ich schaue auf die rote Sonnenscheibe, die über dem fernen Profil unserer Stadt jenseits des Flusses aufsteigt, und warte, daß sich das Geschöpf neben mir beruhigt.

Die Intervalle zwischen den Schluchzern werden immer länger, und dann höre ich, wie sie aufschnupft.

Ich richte mich auf, nehme eine Zigarette, zünde sie an und stecke sie ihr in den Mund.

Sie ist nun ruhig, und so stecke ich mir auch ein Stäbchen an.

Ich schaue zu Greg hin, aber rauchen hat er doch nicht gelernt. Um so schlimmer für ihn.

Und dann schläft er ja immer noch.

»Hör gut zu«, sage ich, »eine Sache muß ich unbedingt wissen. Du hast mich heute nacht in eine Falle gelockt, indem du mich ins ›Whisky und Bikini‹ bestellt hast. Das verstehe ich, und es ist auch eine gewisse Logik drin, aber wo bleibt die Logik, daß du, als der Kerl mich am Hals gepackt und mir ein Taschentuch vor die Nase gehalten hat, wie eine Verrückte gelacht hast?«

»Gelacht habe ich?« fragt sie.

»Und wie«, sage ich, »ich habe deinen Bauch auf- und abhüpfen gesehen, und wenn ein Bauch sich in der Weise benimmt, gibt's keinen Zweifel: so ein Bauch gehört einem, der lacht.«

Sie bläst Rauch auf einen Schmetterling, der sich auf ihrem rechten Knie niedergelassen hat.

»Es war stärker als ich«, sagt sie, »Cloto war in seinem Clownskostüm, und wenn er das anhat, kann man einfach nicht anders, da ist er unwiderstehlich.«

»Ah, er war in seinem Clownskostüm!« sage ich.

Sie lehnt sich an mein Hemd und seufzt.

Ein leiser Duft von »Nagaika« kitzelt mich wieder in der Nase und rutscht hinunter bis zu den Knien.

»Verzeih mir«, sagt sie, »er sollte dir nicht weh tun, sondern dich nur für eine Weile verstecken.«

»Deshalb hast du mich ins ›Whisky und Bikini‹ kommen lassen?«

»Ich war eine dumme Gans«, sagt sie.

»Zweifellos«, sage ich. »Wer ist eigentlich dieser Cloto?«

»Der Mann von Chela Sicchè«, sagt sie.

Sie stützt die Ellbogen auf die Knie und legt ihr Gesicht in die Handflächen.

»Bis vor einigen Jahren hat Cloto als Zirkusclown gearbeitet«, sagt Ding-Dong, »dann muß er irgendein Ding gedreht haben, und sie haben ihn auf Staatskosten einquartiert. Als er entlassen wurde, mußte er sich Arbeit suchen und ist dabei mit Chela Sicchè bekannt geworden. Sie hat mir das alles anvertraut. Ich komme oft ins ›Whisky und Bikini‹ und habe mich mit Chela angefreundet. Ich habe schon von ihr gehört, als sie noch beim Theater war. Ciondolo Doro hat sie als Unterwasserballerina engagiert, und sie hat dann erreicht, daß er Cloto als Chauffeur angestellt hat. Aber Cloto hat nie vergessen können, daß er einmal ein guter Clown war und hat eines Abends eine Unterwassernummer vorgeführt, die ein großer Erfolg wurde. Seit damals gehört er zum Programm, auch wenn er nach wie vor als Ciondolos Chauffeur arbeitet.« Sie starrt mich an und springt dann auf.

»Er war's!« ruft sie aus. »Er hat versucht, erst Chela umzubringen und dann mich.«

»Red keinen Blödsinn«, sage ich, »du wirst mir doch nicht weismachen, daß du den Menschen, der dich hierher geschleppt hat, nicht erkannt hast!«

»Ich bin doch sofort ohnmächtig geworden, als er sich auf mich gestürzt hat«, sagt sie. »Erst durch die Ameisen bin ich wieder zu mir gekommen, kurz bevor du aufgetaucht bist.«

»Es war aber nicht Cloto«, sage ich.

»Wenn es nicht Cloto war, dann kann es nur ...« sie fängt zu schreien an, »nein, nein ... Estremo kann es nicht gewesen sein, er kann's einfach nicht gewesen sein!«

Ich stehe auf und fasse sie um die Schultern.

»Steigere dich nicht in eine hysterische Krise hinein«, sage ich, »es steht nicht dafür, Cloto kann es nicht gewesen sein.«

Sie beruhigt sich und schaut mich an.

»Warum?«

»Weil ich ihn im Gepäckraum habe«, sage ich.

»Wo hast du ihn?« fragt sie und reißt die Augen auf.

»Im Gepäckraum von diesem Wagen«, sage ich.

Greg springt auf und wittert zu dem kleinen Weg hin.

Eine Art von metallischem Klirren ist zu hören. Ich überspringe eine Hecke, rutsche den Kiesabhang hinunter und komme bei einem Strauch heraus, der am Rand des kleinen Weges steht, wo ich den Wagen geparkt habe.

Ich sehe, daß der Deckel des Gepäckraumes sich ausbeult, als ob er von innen mit einer Pumpe aufgeblasen würde. Ich weiß schon, was los ist.

Cloto ist aufgewacht, hat versucht, den Deckel des Gepäckraums aufzukriegen, was ihm aber nicht gelungen ist, da hat er sich hingekniet und drückt jetzt mit dem Rücken nach oben, um ihn aufzusprengen.

Er ist ja sehr stark, und ich glaube schon, daß ihm sein Vorhaben gelingt.

Ich lehne mich an einen Baum und stecke die Hände in die Taschen.

Dieses Schauspiel möchte ich mir nicht entgehen lassen.

Greg hat sich einen Platz in der ersten Reihe gesichert. Er sitzt vor meinen Füßen und ist auf jede Überraschung gefaßt.

Ding-Dong schaut mir über die Schulter.

Kaum haben wir unsere Plätze eingenommen, gibt das Schloß nach, man hört einen Knall wie von einem Schuß, und der Deckel des Gepäckraumes fliegt, nur in den Scharnieren hängend, in die Höhe.

Von den Knien aufwärts taucht Cloto auf.

Erst reibt er sich die Augen, dann reißt er den Schwamm aus dem Mund und spuckt ihn aus.

Den Benzinkanister hat er immer noch wie einen Handschuh über der linken Hand, die Glatzenperücke auf und den lachenden Mund bis unter die Augen hinaufgeschminkt.

Eine authentische Varieténummer, Leute!

Ich muß einfach lachen, und Ding-Dong und meinem Partner geht's nicht besser.

»Salve«, sage ich.

»Was ist denn los? Wo bin ich?« fragt Cloto und schaut sich um.

»Freunde«, sage ich. »Wir haben eine Spazierfahrt zum Flußufer gemacht. Wir wollten die Sonne aufgehen sehen: das ist für uns ein seltener Genuß, auch wenn sie es alle Tage tut.«

Ding-Dong hat ihren Mund mit einer Hand bedeckt, daß man nicht sieht, wie sie lacht.

Zwischen den Fingern durch sagt sie: »Wir sitzen in der Tinte, Cloto.«

»Wieso in der Tinte?« fragt Cloto zurück.

Er steigt aus dem Gepäckraum und kommt näher.

»Und das ist wohl die Type, die uns hineingetaucht hat?«

Wir, Greg und ich, sehen, wie er einen Schlag vorbereitet. Greg steht auf und zieht seine »Wüstenkönig-Nummer« ab, um durch sein Gebrüll Clotos Aufmerksamkeit auf sein Gebiß zu lenken.

Cloto öffnet die zum Schlag geballte Faust wieder und bleibt stehen.

»Irgend jemand hat Chela in den Fluß geworfen«, sagt Ding-Dong und bemüht sich, Cloto nicht ins Gesicht zu sehen, »und hat versucht, auch mich hineinzuwerfen.«

»Chela in den Fluß?« fragt er.

»Von der Cavalcionebrücke«, sage ich, »nachdem er ihr eins auf den Schädel gegeben hat. Mein Partner hat sie zum Glück herausgezogen, und jetzt ist sie im Krankenhaus. Ich und mein Partner haben eine Gesellschaft gegründet zur ›Rettung weiblicher Wesen vor dem garantierten Wassertod‹. Seit gestern abend tun wir nichts anderes.«

Ich sehe, daß er blaß wird, dann versucht er, sich mit der Hand über die Haare zu streichen und merkt dann endlich, daß sie noch in dem Benzinkanister steckt, also nimmt er die andere.

Diese Szene würde ein Publikum zu Applausstürmen hinreißen, es ist nur keines da.

Wir müssen uns sehr zusammennehmen, um nicht herauszuplatzen.

Der Clown scheint in sich zusammenzufallen, wie wenn seine Knochen plötzlich aus Gummi wären.

»Chela«, sagt er, während zwei Tränen über die aufgemalten Mundwinkel rinnen.

Er lehnt sich an die Stoßstange des Wagens und will endlich den Benzinkanister von seiner linken Hand abstreifen, aber das Blech zerkratzt ihm die Haut, und so läßt er es sein.

»Sie sind schuld«, stößt er zwischen den Zähnen hervor, »Sie haben uns in dieses Schlamassel hineinmanövriert!«

Seine Energie ist zurückgekehrt, und er stürzt sich auf Ding-Dong.

Greg verbeißt sich in seine Hose, und Cloto geht mit dem verlängerten Rückgrat zu Boden und streckt die Beine in die Luft. Dann versteckt er den Kopf in den Armen und fängt zu weinen an.

Ich gebe ihm einen Schlag auf die Schulter.

»Nur mit der Ruhe«, sage ich, »deine Frau wird schon durchkommen.« Ich lasse ihn sich ausweinen und stehe auf.

Ding-Dong nimmt einen meiner Jackenknöpfe in die Hand.

Während sie auf den Knopf schaut, knöpfen ihre nervösen Hände ihn andauernd auf und zu.

»Und jetzt«, fragt sie, »was geschieht jetzt?«

»Nichts Besonderes«, sage ich. »Man muß jetzt die Rechnungen zusammenstellen, daß man die Bilanz machen kann. Du weißt doch, wie mans macht, das ist für dich, das ist für mich, Soll und Haben, man zählt die Summen zusammen, und dann weiß man, ob man was verdient hat oder ob's ein Verlustgeschäft war.«

Sie möchte mich etwas fragen, denn sie fährt fort, den Knopf auf- und zuzumachen.

»Und . . .« sagt sie.

»Ich weiß schon, was du mich fragen möchtest«, sage ich, »es handelt sich um den Signor Federico Piè, nicht wahr?«

Ich sehe, wie sie mit dem Kopf nickt.

Ich nehme ihre Hände in die meinigen.

»Laß endlich den Knopf in Ruhe«, sage ich. »Du reißt ihn mir sonst noch ab. Wegen der Leiche, die dich so sehr interessiert, brauchst du dir kein Kopfzerbrechen mehr zu machen, die ist genau da, wo sie hingehört.«

Sie schlingt einen Arm um meinen Hals und zieht sich an mir in die Höhe.

»Ich habe nichts damit zu tun«, sagt sie, »ich will auch mit der ganzen Geschichte nichts mehr zu tun haben. Laß mich da heraus, Pipa. Ich habe nichts getan. Ich schwöre es dir, ich habe wirklich nichts getan.«

Sie versucht einen Vorstoß auf meinen Mund, aber das bißchen Parfum, das noch an ihr war, ist nun fast ganz verraucht. Zu schwach geworden, um meine Beine nochmals ins Wanken zu bringen.

Deshalb ziehe ich mich zurück.

»Ich will den Mikrofilm gar nicht«, sagt sie, »ich wüßte gar nicht, was ich damit anfangen sollte. Laß mich heraus, Pipa.«

»Das kann ich nicht allein entscheiden«, sage ich.»Ich muß mich erst mit meinem Partner beraten.«

Sie dreht sich so, daß sie Greg sehen kann.

Dann löst sie sich von mir und geht meinem Partner entgegen, um ihn zu streicheln. Ich fange zu grinsen an.

Ihm gefallen nur weibliche Wesen mit einem buschigen Schweif, und den hat Ding-Dong nun einmal nicht.

Ich zucke die Achseln und packe Cloto am Kragen, da er immer noch heulend am Boden liegt.

»Los«, sage ich, »hör schon auf, du hast ein Riesenschwein gehabt, daß dieses Geschäft schief gegangen ist; wenn alles nach Wunsch abgelaufen wäre, hättet ihr alle drei ins Gras gebissen, du, deine Frau und diese Idiotin mit der Glockenfrisur.«

Ich sehe, wie Ding-Dong Greg streichelt und auf die Schnauze küßt.

Greg blinzelt mir zu, was heißen soll, daß ich Fernanda nichts verraten darf.

»Gehen wir«, sage ich, »wir können hier nicht das Jüngste Gericht abwarten.«

Ich steige in den Wagen und setze mich ans Steuer.

Greg legt sich der Länge nach neben Cloto, und Ding-Dong setzt sich neben mich.

Dabei hört sie nicht auf, mich zu betrachten.

»Wohin fahren wir?« fragt sie.

»Es ist bald Zeit, daß du in dein Büro gehst, nicht? Der Professor Estremo Limite könnte sich Sorgen machen, wenn du nicht dort bist. Auch wenn du eigentlich die Privatsekretärin vom Spitzbart bist.«

Sie schnupft auf und versucht, ihre sogenannte Frisur im Rückspiegel zu betrachten.

Ich lasse den Motor an und fahre los.

Wir sind bald wieder in der Stadt, und bei der ersten Bar, die schon offen ist, halte ich.

Ich steige aus, lasse mir eine Flasche Bourbon geben, zahle und setze mich wieder ans Steuer.

Den ersten Schluck bekommt Greg.

Er hat's nötig, verdammt noch mal, und wie. Sein Magen muß ausgetrocknet sein wie die Sahara mit Sanddünen und einer Fata-Morgana von vollen Flaschen.

Ich fülle einen Aschenbecher, Format Suppenterrine, und er schlürft ihn leer, wobei er genüßliche Seufzer von sich gibt, die bis von der Schwanzspitze heraufzukommen scheinen.

Dann trinke ich, weil ich fast so ausgetrocknet bin wie er ... Ich gebe die Flasche an Ding-Dong weiter, und sie zwitschert auch ein paar tüchtige Schlucke.

Dann erscheint zwischen mir und Ding-Dong ein Benzinkanister. Cloto streckt die Hand nach der Flasche aus, aber es ist die verkehrte.

Dann nimmt er die richtige, und die Flasche verschwindet in ihr. Ich halte an einer Verkehrsampel. Dabei sehe ich, daß die Leute auf den Gehsteigen unseren Wagen anschauen und sich halb tot lachen.

Ich drehe mich um und schaue. Die Leute lachen, weil sie dem Clown zuschauen, wie er sich vollaufen läßt.

»Am besten wird's sein, ich mache ein paar Anrufe«, sage ich. Ich fahre bis zur nächsten Telefonzelle.

Ich steige aus, gehe in das Telefonhäuschen und wähle die Nummer der P. A. S. N. K. A. G.

Als ich die Stimme vom Spitzbart höre, frage ich, ob die Polizei noch dort ist.

»Wer spricht denn?« fragt der Präsident.

»Ich bin's, Pipa«, sage ich, »den Sie gestern angeheuert haben wegen der Mikrofilmgeschichte.«

Das Geräusch, das ich höre, läßt mich vermuten, daß er von seinem Stuhl aufspringt.

»Sie Schwindler Sie!« schreit er. »Wo sind Sie? Ich habe Ihnen doch gesagt, auf mich zu warten!«

»Regen Sie sich ab«, sage ich, »ich hatte noch dringendste Sachen zu erledigen, aber in ein paar Minuten bin ich bei Ihnen. Ich will nur wissen, ob der Leutnant Tram noch dort ist.«

»Er ist wütend weg, als er gesehen hat, daß Sie nicht da waren«, sagt er. »Ich lasse Sie einsperren, jawohl, einsperren lasse ich Sie!«

»Rufen Sie die Zentrale an und sagen Sie dem Leutnant Tram, daß ich in fünf Minuten dort bin.«

»Erst kommen Sie her und dann rufe ich an«, sagt er. »Ich habe nicht die geringste Lust, wegen Ihrer blöden Witze auch noch im Gefängnis zu landen.«

Ich unterbreche die Verbindung und rufe die Zentrale an.

Tram sprüht Funken, als er meine Stimme hört, und ich muß den Hörer auf einen Meter Distanz halten, daß meine Ohren nicht Feuer fangen.

Ich sage ihm, sofort mit einem halben Zentner Handschellen zur P. A. S. N. K. A. G. zu kommen und unterbreche die Verbindung.

Dann wähle ich noch eine Nummer, die des Dr. Tastifreddi.

Der Dr. Tastifreddi war vor dem Dr. Tell medizinischer
Sachverständiger bei der Polizei.

Wegen Kleptomanie mußte er den Posten aufgeben.

Während der Autopsien stahl er nämlich die Milz der
Leichen.

Aber von diesem kleinen Schönheitsfehler abgesehen war
er ein lieber Mensch, und wir sind heute noch die besten
Freunde.

Er kommt an den Apparat, und ich sage ihm, daß ich seine
Hilfe brauche. Ich würde gleich vorbeikommen und ihn
mitsamt seinem Handwerkszeug an Bord nehmen.

Unterwegs würde ich ihm alles erklären.

Ich verlasse die Telefonzelle.

Cloto hat versucht zu türmen, während ich telefonierte,
aber Greg hat ihn in den Wagen zurückbefördert und sich
auf ihn gesetzt.

Ding-Dong sitzt zitternd da.

»Gib schon Ruhe«, sage ich, »bald ist alles überstanden.«

Weil ich die Verkehrsregeln beachte, brauche ich gute zehn
Minuten zur Wohnung des Dr. Tastifreddi.

Er steht schon unterm Haustor, und ich sehe, daß er seine
Ärztetasche unter dem Arm hat.

Ich mache ihm ein Zeichen, daß er warten soll. Es ist besser, wenn die beiden nichts hören, deshalb verlasse ich den
Wagen und sage ihm, was er zu tun hat.

»Bist du übergeschnappt?« sagt er, »das geht doch nicht,
dafür kann ich glatt ins Kittchen kommen.«

»Ich übernehme die ganze Verantwortung«, sage ich, »du
brauchst keine Angst zu haben. Wie lange dauert es, um
das, was ich dir eben erklärt habe, auszuführen?«

»Nicht einmal zwei Minuten«, sagt er, »allerdings unter
der Bedingung, daß er noch nicht verdaut hatte.«

»Da kannst du beruhigt sein«, sage ich, »zum Verdauen hatte er keine Zeit mehr. Aber es ist für mich lebenswichtig, daß du sehr schnell machst, also sei so gut und laß die Milz drinnen.«

»Keine Sorge«, sagt er, »dieses Hobby habe ich schon lange nicht mehr.«

Ich lasse ihn sich neben den Clown setzen und fahre weiter.

Dann höre ich, daß auch Dr. Tastifreddi zu lachen anfängt.


## 9. KAPITEL

*Eine interessante Zusammenkunft, leider ohne Bourbon – können Sie sich vorstellen, daß mein Gedächtnis mich im Stich gelassen hat? – ein Mann mit der Hand in der Tasche, der mir und dem Leutnant Sorgen macht – könnte ja sein, daß er von einem Moment zum anderen zu schießen anfängt.*


Vor dem Gittertor der P. A. S. N. K. A. G. stehen zwei Polizeiwagen.

In den Wagen ist niemand, aber am offenen Gitter lehnt ein Plattfüßler und wartet.

Ich fahre schnurgerade hinein, halte aber nicht vor dem Bürohaus.

Während ich geradeaus weiterfahre, schaue ich in den Rückspiegel.

Ich sehe, wie der Plattfüßler eiligst das Tor schließt und verriegelt.

Seiner Meinung nach bin ich jetzt in der Falle.

Ich denke, daß die anderen oben im Büro vom Spitzbart auf mich warten.

Als ich beim Eingang zum Büro des seligen Dr. Piè halte, frage ich Ding-Dong nach der Haustelefonnummer des Präsidenten.

»Sechs, sechs, sieben«, sagt sie.

»Merk dir's«, sage ich zu Tastifreddi, »sechs, sechs, sieben. Wenn alles getan ist, rufst du mich unter dieser Nummer an und sagst mir, ob ja oder nein.«

»O. K.«, sagte Tastifreddi.

»Mein Partner kommt mit dir«, sage ich und habe noch nicht ausgeredet, als Greg bereits auf den Boden gesprungen ist, »und er läßt dich nicht eine Minute allein. Wenn du das Ding gefunden hast, gibst du es ihm. Gregorio begleitet dich dann zum Ausgang, und du kannst ganz beruhigt sein, daß keiner Hand an dich legen wird, solange er neben dir ist. Hast du gehört?« frage ich Greg.

Greg sagt auf seine Weise, daß er verstanden hat.

»Gut«, sage ich, »wenn du den Doktor in ein Taxi steigen und wegfahren siehst, kommst du zu mir und bringst mir das Zeug.«

Greg bellt seine Zustimmung.

Ich schaue auf die Uhr.

»Es ist jetzt sieben Uhr zweiundzwanzig«, sage ich, »ich gebe dir fünf Minuten. Um sieben Uhr siebenundzwanzig erwarte ich deinen Anruf. Hier ist der Schlüssel; wenn du gehst, laß ihn stecken. Und vergiß nicht, daß alles wieder so sein muß, wie du es angetroffen hast.«

Tastifreddi nimmt den Schlüssel und geht zu Greg, der schon an der Treppe wartet.

Ich lege den ersten Gang ein und starte.

Kaum halte ich vor dem Bürogebäude, stürzt schon ein halbes Dutzend Greifer aus dem Eingang hervor und stellt sich, mit einem halben Dutzend Pistolen mit Zielrichtung auf meine Nase, rund um den Wagen auf.

Der Sergeant Kautschuk packt mich am Jackenärmel.

»Hab ich dich endlich, du widerlicher Schnüffler!« schnauft er. Wie mit einer scharfen Schere trenne ich mit meinem Zeigefinger sein Handgelenk glatt durch. Die Hand bleibt an meinem Jackenärmel hängen.

Mit der anderen Hand löst er sie ab.

»Laß dir den ›Erste Hilferaum‹ zeigen«, sage ich, »sie nähen sie dir schon wieder an.«

Dann schubse ich ihn beiseite und steige aus.

»Steckt endlich eure Kanonen weg«, sage ich, »meine Freunde hier haben schon genug ausgestanden, ihr braucht sie nicht auch noch zu erschrecken.«

»Schwing dich«, sagt einer der Greifer, »laß’ den Leutnant Tram nicht so lang warten. Wenn du seine Braut wärst, könnte er nicht ungeduldiger sein.«

Die Plattfüßler fangen alle zu grinsen an.

»So komisch finde ich das gar nicht«, sage ich, aber dann merke ich erst, daß Cloto ausgestiegen ist und alle ihn anstarren.

Er hat noch immer sein aufgemaltes Lächeln auf dem Gesicht, und die Glatzenperücke macht sein Aussehen noch komischer.

Den Benzinkanister hat er immer noch auf der Hand, und seine Beine schlottern vor Angst.

Ding-Dong klammert sich an meinen Arm und droht von einem Moment zum anderen umzufallen.

Ich und sie bilden die Spitze dieses merkwürdigen Zuges. Dahinter kommen Cloto und die übrigen.

Wir betreten das Büro vom Spitzbart.

Es ist ein enormer, mit allem erdenklichen Luxus möblierter Raum. Ein Diwan ist da und Fauteuils, der Schreibtisch des Präsidenten und ein langer Tisch mit vielen Stühlen in der Mitte.

Ich sehe, daß alle, aber auch alle versammelt sind.

Spitzbart sitzt an seinem Schreibtisch, der Dr. Vainlettiga

spaziert zwischen diesem und dem langen Mitteltisch herum, der Professor Estremo Limite geht mit den Händen in den Taschen zwischen Tisch und Fenster hin und her. Der Leutnant Tram tut desgleichen, mit den Daumen im Hosengürtel, zwischen Fenster und Schreibtisch.

»Da ist er ja«, sagen sie unisono, als ich eintrete.

Die drei Spaziergänger bleiben stehen, der Spitzbart springt auf.

»Sie haben uns zum Narren gehalten, und das wird Sie teuer zu stehen kommen«, sagt er, hebt die Arme und streckt mir seinen Zeigefinger entgegen. »Leutnant, verhaften Sie ihn!«

»Jedes Ding zu seiner Zeit«, sage ich, mache dann einen Schritt seitwärts und lasse Cloto vortreten.

Ich sehe allen die Anstrengung an, daß sie nicht herausplatzen. Tram schaut mich an. »Was soll das?« fragt er, »eine Zirkusnummer? Hast du ihn zu unserer Unterhaltung mitgebracht?«

»Sei nicht gar so geistreich«, sage ich, »ich kann dir versichern, daß du eine ganz falsche Platte aufgelegt hast. Wollen wir uns nicht setzen?«

»In deiner Zelle in der Zentrale kannst du dich setzen«, sagt Tram, »und diesmal kannst du sicher sein, daß ich dich so einbuchte, daß du dich höchstens mit einem Kilo Ekrasit befreien kannst ... Los, legt ihm die Armbänder an.«

Hinter mir höre ich ein metallisches Geräusch.

»Immer mit der Ruhe«, sage ich, »ich bin freiwillig hergekommen, und für die Armbänder ist immer noch Zeit. Und mir müßt ihr sie sowieso nicht anlegen.«

Ich hole einen Stuhl und stelle ihn hinter Ding-Dong, ehe sie sich aus eigenem Antrieb mangels etwas Besserem auf den Fußboden setzt.

Sie und Cloto setzen sich also.

Ding-Dong hat den Blick in den Boden verankert, und ab und zu streicht sie sich über's Haar, das keinerlei Glokkenform mehr aufweist; strähnig hängt es ihr bis auf die Schultern.

Der Professor Limite starrt sie ganz perplex an.

»Signorina Odissea«, sagt er dann, »wie kommen Sie denn hierher?«

Um ihr aus der Verlegenheit zu helfen, antworte lieber ich.

»Sie ist ins Büro gekommen«, sage ich, »sie ist doch eine Angestellte Ihres Betriebes? Warum wundern Sie sich denn so sehr?«

»Zu dieser Stunde?« sagt der Präsident, »und so ungepflegt?«

»Überstunden«, sage ich. »Sie hat keine Zeit gehabt, zum Friseur zu gehen.«

Tram kommt näher und packt mich am Jackenrevers.

»Kann man endlich erfahren, was du dir seit einiger Zeit für neckische Scherzchen einfallen läßt?« sagt er.

»Ich bin's nicht, der dumme Witze macht«, sage ich, »aber wenn du endlich friedlich sein würdest, könne ich dir die ganze Geschichte von A bis Z vorbeten.«

»Also dann los«, sagt er, »damit die Handschellen nicht Rost ansetzen.«

»Wo ist der Dr. Piè?« schreit Spitzbart, »Sie sind sein Komplize!«

Ich beuge mich über den Schreibtisch und zause seinen Spitzbart.

»Wollen Sie endlich Schluß machen mit Ihrem Papageiengekreisch?« sage ich. »Bleiben Sie an Ihrem Platz, und machen Sie den Mund erst auf, wenn ich es Ihnen erlaube. Habe ich mich klar genug ausgedrückt?«

Spitzbart stiert mich an und fällt dann in seinen Sessel zurück.

Vair.lettiga nimmt einen Stuhl und setzt sich neben den Präsidenten.

Ich stelle mich dreißig Zentimeter vor Estremo Limites Krawatte auf.

»Und Sie«, sage ich, »warum setzen Sie sich nicht?«

»Ich kann auch stehenbleiben, wenn es mir paßt«, faucht er, »schließlich bin ich hier der Hausherr.«

Er nimmt die rechte Hand aus der Tasche, steckt sich eine Zigarette in den Mund, holt sich das Feuerzeug vom Tisch und zündet sie damit an.

»Haltet einen Stuhl bereit«, sage ich zu den Plattfüßlern, »er wird bald einen brauchen, nicht wahr, Ding-Dong?«

»Kann man erfahren, was der da im Schilde führt?« sagt Professor Limite. »Kann man auch erfahren, auf was sie warten, um ihn zu verhaften? Und kann man endlich auch erfahren, warum Sie diesen Volksfeind Nummer eins immer noch zum Schaden der Allgemeinheit frei herumlaufen lassen?«

»Nur mit der Ruhe«, sage ich, »es wird sich alles aufklären, und zwar bald.«

Ich schaue auf die Uhr.

Es ist sieben Uhr sechsundzwanzig, und ich denke darüber nach, was ich mir noch einfallen lassen könnte, um die fehlende Minute zu überbrücken, als das Telefon auf dem Schreibtisch klingelt.

Spitzbart nimmt den Hörer auf und hört zu.

Dann schaut er auf den Leutnant.

»Es ist für den da«, sagt er und zeigt auf mich, »sie wollen den Signor Pipa.«

Tram streckt die Hand aus, aber ich bin flinker, nehme den Hörer und klebe ihn mir ans Ohr. Es ist Tastifreddi.

»Bist du's, Pipa?« fragt er.

»Bin ich«, sage ich, »sag mir schnell, ob ja oder nein.«

»Ja«, sagt er, »alles in Ordnung.«

»Gut«, sage ich, »mach alles, wie ich es dir gesagt habe und verschwinde.«

Ich lege den Hörer auf und ein nicht endenwollender Erleichterungsseufzer entschlüpft mir.

Dann setze ich mich auf die Schreibtischecke und zünde mir eine Zigarette an.

»Und nun«, sage ich, »wenn eure Ohren aufnahmebereit sind, kann ich euch die ganze Geschichte berichten.«

»Unsere Ohren sind schon eine ganze Weile aufnahmebereit«, sagt Tram, »aber ich mache dich darauf aufmerksam, daß mit jeder Lüge, die du uns vorsetzt, sich automatisch die Zahl der Jahre, die du auf Staatskosten in Urlaub geschickt wirst, erhöht.«

Ich wende mich an Spitzbart.

»Sie haben nicht gewußt«, beginne ich, »daß Ihr hier anwesender Verwaltungsdirektor, Professor Estremo Limite recht nahe Beziehungen zu Ihrer Sekretärin hat?«

Spitzbart schaut mit aufgerissenen Augen auf meine Nase.

»Odissea?« fragt er.

»Was sagen Sie da?« sagt Vainlettiga.

Limite macht einen Schritt auf Tram zu.

»Absurd«, sagt er. »Das ist die idiotischste Blödheit, die ich je gehört habe. Auf was warten Sie eigentlich noch, diesen Angeber abführen zu lassen?«

Ich lege Ding-Dong eine Hand auf die Schulter.

»Ist es wahr oder nicht?« sage ich, »du kannst es ruhig zugeben.«

Sie nickt mit dem Kopf, legt ihre Hände vors Gesicht und fängt zu weinen an.

»Ich will mit der Sache nichts zu tun haben«, sagt sie schluchzend, »ich beschwöre Sie, lassen Sie mich draußen!«

»Du blödes Weibsbild!« schreit Limite. »Hoffentlich nehmen Sie sie nicht ernst! Du bist entlassen!«

Spitzbart und Vainlettiga schauen Limite an, dann das Mädchen, dann glotzen sie sich gegenseitig ins Gesicht, und als sie nicht mehr wissen, wohin schauen, drehen sie sich mir zu.

»So ein Schwachsinn!« sagt Vainlettiga.

»Und wenn's auch wahr wäre...« brummt Spitzbart, »was hat es mit alledem zu tun?«

»Wieso, wenn's auch wahr wäre?« schreit Limite, »ich hoffe, Sie glauben nicht im Ernst, daß ich und diese dumme Gans...«

»Ruhe!« brüllt Tram. »Jetzt will ich's ganz genau wissen.«

»Erlauben Sie ihm nicht, weiter zu reden«, sagt Limite, »Beleidigungen von so einem verlogenen Schnüffler lasse ich mir nicht gefallen.«

Ding-Dong spricht unter Schluchzen weiter.

»Er ist ein Lump!« sagt sie. »Ich hätte es mir denken können. Und ich dachte, er liebt mich. Ich Idiotin, ich Idiotin, ich Idiotin!«

»Beruhige dich, Kleine«, sage ich, »dir bleibt noch viel Zeit, um über verschüttete Milch zu weinen.«

Im Zimmer herrscht ein ziemliches Durcheinander.

Die drei Soziusse diskutieren leise miteinander. Cloto zittert, daß sein Stuhl wackelt, und die Plattfüßler rasseln mit den Handschellen.

Tram ist die Ruhe selbst. Er hat sich mit gekreuzten Armen an eine Tischecke gelehnt.

Ich gehe zu ihm hin.

»Ich hoffe, du hast bemerkt«, sage ich zu ihm, so daß nur *er* mich hören kann, »daß der dort die linke Hand immer noch nicht aus der Tasche genommen hat. Ich möchte nicht, daß er eine üble Überraschung vorbereitet.«

»Kümmere dich nicht,« sagt Tram, »meine Männer wissen schon, was sie zu tun haben. Sobald er auf dich geschossen hat, nehmen sie ihm die Pistole weg, du kannst ganz beruhigt sein.«

Dann haut er mit der Faust auf den Tisch.

»Wollen wir unsere Diskussion fortsetzen?« schreit er und schaut um sich.

Alle sind auf einmal ruhig.

»Nun«, sage ich, »die Geschichte ist überhaupt nicht kompliziert, sie ist sogar von verblüffender Einfachheit. So verblüffend, daß sogar ich erstaunt bin, und auch Sie werden in Kürze verblüfft sein. Dr. Piè arbeitet seit Jahren für diese Gesellschaft. Er erfindet ein neues Nußknackermodell, das die ganze Produktion revolutionieren wird. Auf dieses neue Modell waren allerhand Leute scharf, darunter auch einer, der dieser Firma angehört. Und zwar einer der Direktoren, und es ist ziemlich sicher, daß er mit einer ausländischen Firma Kontakt aufgenommen hat, wahrscheinlich mit dem kommunistischen China mit der Absicht, sich nach dort abzusetzen und eine Nußknackerproduktion aufzuziehen, die jede Konkurrenz geschlagen hätte. Kann man erfahren, was für eine politische Richtung Sie vertreten?« frage ich Estremo Limite.

»Was für ein Idiot!« sagt Limite grinsend.

Ich beachte ihn nicht und fahre fort.

»So also«, sage ich, »hat der Direktor die umwerfende Idee, sich durch ein Betrugsmanöver die Erfindung anzueignen und auf Nimmerwiedersehen zu verschwinden. Er weiht seine Freundin ein, die ja die Privatsekretärin des Präsidenten ist und schmiedet mit ihr großartige Pläne, aber da gibt es allerhand Schwierigkeiten. Dr. Piè wacht eifersüchtig über seine Erfindung. Er nimmt sie auf Mikrofilm auf und zerstört das ganze Studienmaterial. Den Mikrofilm läßt er nicht eine Sekunde unbewacht. Er führt ihn den drei Direktoren gemeinsam vor, denn der Schlüssel zu seiner Erfindung ist in dem Mikrofilm enthalten.

Ohne ihn ist das ganze Maschinenmaterial zur Herstellung völlig nutzlos. Richtig?«

»Richtig«, sagt Spitzbart.

»Es war nicht schwer, das zu erraten«, fahre ich fort, »das Hauptziel war jedenfalls, den Mikrofilm in die Hände zu bekommen. Signorina Odissea, hier anwesend, ist an schönen Sommerabenden Stammgast im ›Whisky und Bikini‹. Dort lernt sie eine gewisse Chela Sicchè, die dort als Unterwasserballerina arbeitet, kennen. Diese ist mit dem Chauffeur von dem Lokalbesitzer verheiratet, der dort auch eine Clownnummer vorführt. Er hat eine Unterwassernummer auf dem Fahrrad einstudiert. Es ist der hier anwesende Signor Cloto.«

Cloto springt auf, und seine Augen füllen sich mit Tränen; er macht mit der Hand im Benzinkanister eine Bewegung.

»Meine Frau!« schreit er. »Wie geht es ihr? Bitte, wie geht es Chela?«

Alle fangen zu lachen an.

Tram krümmt sich vor Lachen, aber dann nimmt er sich zusammen, und ich sehe, daß sein Gesicht rot anläuft.

»Zum Teufel!« schreit er und haut mit der Faust auf den Tisch.

»Hier gibt's nicht zu lachen! Können Sie nicht Ihr Gesicht säubern, Sie da?«

»Kann ich nicht«, sagt Cloto und setzt sich wieder, »dazu brauche ich Vaseline.«

»Hat jemand Vaseline?« fragt Tram.

Alle schütteln den Kopf.

»Dann nehmen Sie wenigstens, verdammt noch mal, die verdammte Perücke ab!« brüllt Tram. »Ihrer Frau geht es besser. Sie haben ihren Kopf zusammengeflickt, und jetzt überschwemmt sie die ganze Klinik mit ihren Tränenfluten.«

Cloto nimmt die Perücke ab, und seine eigenen, mit Brillantine verklebten Haare kommen zum Vorschein.

Er trocknet seine Tränen.

»Dem Himmel sei Dank!« ruft er pathetisch aus.

»Signorina Odissea sondiert das Terrain«, sage ich. »Chela Sicchè gibt zu verstehen, daß ihr Mann den Mikrofilm an sich bringen kann. Vor ein paar Jahren war er im Gefängnis, wahrscheinlich wegen Diebstahls, und hat also eine gewisse Erfahrung. Es hängt ein Haufen Geld in der Sache, und drum steigt er ein. Die Sekretärin weiß, daß die drei Direktoren den Dr. Piè eingeladen haben, mitsamt dem Mikrofilm an ihrem Meeting teilzunehmen und verständigt Cloto. Der Moment zum Handeln ist gekommen. Cloto gelingt es, in das Labor des Dr. Piè einzudringen, und er wartet dort auf ihn. Der Doktor kommt, entnimmt dem Safe den Mikrofilm und ruft im Büro des Commendatore Magoni an, daß er kommt. Als er den Hörer auflegt, hört er ein verdächtiges Geräusch im Labor. Er denkt sofort an Einbrecher und sucht verzweifelt nach einem Versteck für den Mikrofilm, aber es bleibt ihm keine Zeit. Cloto dringt in das Büro ein, und Dr. Piè sieht keine andere Möglichkeit, als den Film zu verschlucken. Cloto wirft sich auf ihn, und der Dr. Piè stirbt vor Schrecken.«

Alle hören mit angehaltenem Atem zu.

Ich stelle mich vor dem Clown auf.

»Ist es so gewesen?« frage ich ihn. Er nickt mit dem Kopf.

»Handschellen«, sagt Tram.

»Einen Augenblick«, sage ich, »ich habe gerade erst angefangen. Alle wissen, was an jenem Abend geschehen ist, und ich halte es für überflüssig, Ihnen Sachen zu berichten, die Sie ohnehin schon wissen«, fahre ich fort. »Was Sie nicht wissen ist, daß Cloto verzweifelt zu seiner Frau zurückgekehrt ist und ihr berichtet, daß der ganze Plan schiefgegangen ist. Sie verständigen Odissea, die sofort zu ihnen eilt. Und bald nach dem ganzen Debakel erscheint auch ihr Geliebter. Was soll nun geschehen? Der Dr. Piè ist tot, und der Mikrofilm befindet sich in seinem Magen. Die Leiche stehlen? Nicht leicht durchführbar. Warten bis nach der Beerdigung? Riskant und kompliziert. Chela hat eine Idee. Sie unterbreitet sie ihren Komplizen, und diese stimmen enthusiastisch zu. So wird am nächsten Tag Chela, Expertin in Tränenfluten, als trauernde Halbwitwe zu mir geschickt, erzählt mir die traurige Geschichte des Doppellebens, weint mir das Büro voll, weil sie die Leiche ihres Geliebten auf den Friedhof geleiten will, und verspricht mir sechshundert Tausender. Es sieht nicht so aus, aber ich habe ein weiches Herz und lasse mich einwickeln. Am nächsten Tag stehle ich den Leichenwagen mitsamt dem Toten.«

»Handschellen«, sagt Tram, »endlich hast du gestanden.«

»Beruhige dich«, sage ich, »es kommt schon noch was.«

Die Tür geht auf, und herein kommt mein Partner.

Ich sehe, daß der Professor Limite einen Satz macht und sich hinter den Schreibtisch flüchtet, ohne jedoch die linke Hand aus der Tasche zu nehmen.

»Alles in Ordnung?« frage ich Greg.

Er legt mir eine Kapsel, klein wie eine Kopfweh-Tablette, in die Hand, und ich lasse sie in die Tasche gleiten.

»Alles O. K.«, sagt Greg in seiner Sprache und legt sich unter einen Stuhl.

»Ausgezeichnet«, sage ich; »ich bringe also den Leichenwagen an die angegebene Adresse, wo ihn die Halbwitwe im Kreise ihrer Verwandten weinend erwarten soll, aber es ist keiner da. Nun begreife ich, daß ich in eine Falle gegangen bin. Ich verstecke den Wagen in einer alten Scheune, bemerke aber nicht, daß mir ein Wagen gefolgt ist. Der hier anwesende Signor Cloto schleicht sich hinter mich und verpaßt mir einen Schlag, der mir fast den Kopf zertrümmert. Dann nimmt er die Leiche aus dem Sarg und legt mich an ihrer Stelle hinein. Den Toten steckt er in einen Sack und versteckt diesen in der Reparaturgrube der ›Whisky und Bikini‹-Garage, wo sein Auftraggeber ihn in der nächsten Nacht abholen soll.«

Ich höre, wie Cloto wieder zu flennen anfängt.

»Ich habe Angst gehabt«, sagt er. »Ich fürchtete, Sie umgebracht zu haben, und das wollte ich nicht, ich schwöre, daß ich das nicht wollte!«

»Laß es gut sein«, sage ich. »Ich habe mich während der Beerdigung aus dem Sarg herausgewurstelt.«

Der Präsident springt auf.

»Sie Schwindler!« schreit er. »Es war der Dr. Piè, nicht Sie, der sich davongemacht hat! Alle haben ihn gesehen!«

»Es war logisch«, sage ich, »daß alle glaubten, den Dr. Piè zu erkennen. Ich war ja über und über mit Lehm und Erde beschmiert, und als ich herausgestiegen bin, hatte ich keine Zeit, mich vorzustellen.«

Ich nähere mich auf dreißig Zentimeter dem Präsidenten.

»Sie wollen doch den Mikrofilm, nicht wahr?« sage ich.

»Sicher will ich ihn«, sagt er.

Ich lege, direkt unter seine Nase, den Mikrofilm auf den Schreibtisch.

»Da haben Sie ihn«, sage ich.

Er nimmt ihn in die Hand, schaut erst mich an, dann ihn, dann seine Mitarbeiter, und zuletzt kehren seine Augen wieder zu dem Mikrofilm zurück. Vier von seinen acht Haaren stellen sich auf, er setzt sich wieder, kriegt einen roten Kopf, möchte etwas sagen, bringt aber nichts heraus. Auch Vainlettiga benimmt sich so, oder fast so.

Limite wird blass, schaut den Mikrofilm an, seine Mitarbeiter und endlich mich.

Der Mikrofilm verschwindet in der Tasche des Präsidenten, dann steht er auf, wirft mir die Arme um den Hals und küßt mich in die Nasengegend.

»Verdammt, verdammt, was für eine Überraschung! Das habe ich wirklich nicht erwartet. Ich entschuldige mich, Pipa ... alle Wetter, Sie sind wirklich Ihr Geld wert! Sie können den Scheck einlösen«, sagt er. Er bringt keinen zusammenhängenden Satz heraus, er weiß nicht, wie er das, was er alles auf dem Herzen hat, ausdrücken soll, seine Stimme ist vor Erregung ganz rauh geworden.

Tram nimmt mich am Arm.

»Hör zu, du Schnüfflerknabe«, sagt er, »und wo ist die Leiche des Dr. Piè?«

»Unten in seinem Büro«, sage ich, »friedlich und ruhig wartet er, daß seine Verwandten ihn abholen. Aber es wird besser sein, du hörst dir erst noch den Schluß an, ehe du seine Witwe anrufst.«

Seine Augen sind nur mehr zwei Schlitze, durch die er mich anstiert.

»Also mach schon weiter«, sagt er, »und ihr alle seid endlich ruhig!«

Ich höre direkt die Freude in Spitzbart brodeln, aber das stört mich nicht.

»Nachdem Chela es geschafft hatte, daß ich mit dem Diebstahl der Leiche einverstanden war«, fahre ich fort, »entstand die Notwendigkeit, sich die Komplizen vom Hals zu schaffen, denn sie konnten gefährlich werden. Deshalb geht der hier anwesende Signor Limite noch in der gleichen Nacht ins ›Whisky und Bikini‹, holt Chela ab, fährt sie zum Flußufer, haut ihr auf den Kopf und wirft sie von der Brücke ins Wasser. Glücklicherweise ist mein Partner dem Mädchen gefolgt, seit sie mein Büro verlassen hat, ohne sie auch nur einen Moment aus den Augen zu verlieren. Er ist gerade zurecht gekommen, sie aus dem Wasser zu ziehen, ehe sie unheilbar naß wurde.«

Cloto steht auf mit der Absicht, den Benzinkanister auf der Nase des Professor Limite zu deponieren, aber Tram hält ihn rechtzeitig zurück.

»Verdammter Mörder!« schreit Cloto.

»Ihr seid ja alle verrückt«, sagt Limite, aber er ist so blaß geworden, als wenn er seine roten Blutkörperchen an den Meistbietenden versteigert hätte.

»Gestern«, fahre ich fort, »sind diese drei Herren zu mir gekommen mit dem Auftrag, den Mikrofilm wieder zu beschaffen. Auch Odissea war bei ihnen. Sie macht mit mir ein Rendezvous für den gleichen Abend aus im ›Whisky und Bikini‹, und ich gehe hin. Wieder eine Falle. Sie wollen mich aus dem Verkehr ziehen, bis ihr Freund an den Mikrofilm gekommen ist, also schläfert Cloto mich mit Chloroform ein und legt mich in die gleiche Grube, in der sich schon die Leiche des Dr. Piè befindet. Aber bei mir reicht das Chloroform höchstens zu einem kleinen Nickerchen. Ich werde bald wieder wach und komme gerade rechtzeitig in den Ballsaal, um durch die Glaswand des Bassins zu sehen, daß jemand Signorina Odissea an den Füßen festhält mit der Absicht, sie das ganze Wasser des Bassins austrinken zu lassen. Noch eine Komplizin, die verschwinden muß, dann wäre der dritte drangekommen. Ich zertrümmere also die Glaswand und bringe Odissea in Sicherheit. Dann wollte ich mir den Wagen des Besitzers von dem Lokal ausborgen, um mit ihr zu verschwinden. Ich gehe in die Garage zurück, und als ich drin bin, merke ich, daß jemand in der famosen Grube ist. Der hier anwesende Signor Limite hat sich schnell angezogen, läuft um die Leiche samt Mikrofilm, findet sie aber nicht, weil ich sie inzwischen von dort weg – und im Gepäckraum des Wagens untergebracht habe.

Das war eine Überraschung, nicht?« sage ich zum Signor Limite gewendet.

»Sie haben wirklich eine wüste Phantasie«, sagt er und grinst.

»Während ich ihn in der Grube festnageln will, packt er mich an einem Fußknöchel«, sage ich, »und genau in diesem Augenblick kommt Cloto herein, und wir tauschen im Dunkeln allerhand Schläge aus. Während er sich bei dieser Gelegenheit den Benzinkanister über die Faust stülpt, den Sie hier sehen, benützt Limite die Gelegenheit und haut ab. In der kleinen Allee vor der Garage wartet Odissea, er packt sie, lädt sie auf seinen Wagen und fährt mit ihr zum Flußufer, wo er sie auf die gleiche Weise wie Chela, mit einem Stein ans Bein gebunden, ins Wasser werfen will. Aber er hat nicht mit meinem Partner gerechnet, der, um nicht noch einmal ins Wasser springen zu müssen, den Signor Limite anspringt, worauf diesem nichts anderes übrig bleibt, als sich schnellstens davonzumachen. Muß ich noch weiter erzählen?«

Alle schauen auf mich, dann auf den Professor Limite, und schließlich auf Ding-Dong, die mir an den Hals springt und ihre Arme um mich schlingt.

»Ich will mit der Geschichte nichts zu tun haben«, sagt sie, »oh, wenn ich das alles vorher gewußt hätte! Schau, daß du mich herausbringst, Pipa!«

»Dazu ist es ein wenig zu spät«, sage ich, »aber deine Teilnahme an diesem Verbrechen wiegt nicht gar so schwer.«

Tram streift sie von mir ab.

»Bestätigen Sie, was der da gesagt hat?« fragt er.

Sie nickt mit dem Kopf.

»Ich bestätige alles«, sagt sie.

Dem Professor Limite spritzt die Wut aus Augen, Ohren und Nase.

»Kein Wort ist wahr!« schreit er. »Die da ist eine größenwahnsinnige Lügnerin! Du bist entlassen! Und Sie haben nicht den kleinsten Beweis für Ihre Behauptungen!«

Ich höre, daß Gregorio etwas brummt, und in diesem Moment wirft sich Professor Limite auf Ding-Dong, vielleicht mit der Absicht, sie zu skalpieren.

Ich strecke ein Bein aus, und er stolpert.

Instinktiv streckt er im Fallen beide Hände nach vorne, auch die linke, die er, ohne es zu bemerken, aus der Tasche genommen hat. Ich sehe, daß diese Hand einen Verband hat.

Greg schnüffelt an meiner rechten Tasche und bellt.

Er nennt mich einen Idioten, ich höre es ganz genau.

Ich stecke die Hand in die Tasche und nehme das in Blätter eingehüllte Päckchen heraus, das er mir in der »Fledermaus« zugesteckt hatte, wenn Sie sich erinnern.

Ich hatte es vergessen.

Ich mache es auf. Drinnen ist ein kleiner Finger.

Greg muß ihn dem Professor Limite vergangene Nacht am Flußufer abgebissen haben, als er nicht sehr fein mit ihm umging.

Ich übergebe den Finger dem Leutnant Tram.

»Da nimm«, sagte ich, »frag ihn, ob es der seine ist.«

Tram fragt ihn, und der Professor Limite steht auf.

Ich sehe dann, wie er mit gesenktem Kopf auf die Tür zurennt und dort in einer Wolke von Plattfüßlern verschwindet.

Spitzbart und Vainlettiga stehen mit offenem Mund wie vom Schlag getroffen da.

Das wäre eine einmalige Gelegenheit für Fliegen, wenn welche da wären.

Tram schaut mich an und seufzt.

»Jetzt machen wir alle miteinander einen netten Ausflug in die Zentrale«, sagt er.

Cloto und Ding-Dong stehen auf. Cloto hebt seine Glatzenperücke vom Boden auf, die ihm im Verlauf der Begebenheiten hinuntergefallen war.

»Ich muß mal telefonieren«, sage ich zu Tram.

Ich nehme das Telefonverzeichnis, das auf einem Tischchen liegt, wähle und spreche.

Dann lege ich den Hörer auf.

»Gehen wir«, sage ich und seufze, »verdammt noch mal, diesmal muß ich tatsächlich zahlen, und ich werde zahlen.«

Wir gehen alle der Türe zu, und ich lege einen Arm um Ding-Dongs Schultern.

»Es wird schon alles gut werden«, sage ich, »sei ganz ruhig. Ich habe den Coiffeur angerufen, er soll mit allem Nötigen für eine Wasserwelle zu Signore Cleofo in die Zentrale kommen. Er wird deine Glocke neu gießen!«

Vor meiner Nase reißt sie die Augen auf.

»Wie du die Frauen verstehst, Pipa!« seufzt sie.

Dann hängt sie sich an meinen Mund.